脸向阳光

王振洪 / 著

山东城市出版传媒集团·济南出版社

图书在版编目（CIP）数据

脸向阳光／王振洪著．—济南：济南出版社，2017.6（2023.5重印）
ISBN 978 - 7 - 5488 - 2641 - 5

Ⅰ. ①脸…　Ⅱ. ①王…　Ⅲ. ①短篇小说—小说集—中国—当代　Ⅳ. ①I247.7

中国版本图书馆 CIP 数据核字（2017）第 149551 号

责任编辑　秦　天
封面设计　张　倩

出版发行　济南出版社
地　　址　济南市二环南路 1 号
印　　刷　肥城新华印刷有限公司
版　　次　2017 年 6 月第 1 版
印　　次　2023 年 5 月第 2 次印刷
开　　本　170 毫米 × 240 毫米　1/16
印　　张　9.5
字　　数　110 千
印　　数　1 - 3000 册
定　　价　29.80 元

济南版图书,如有印装质量问题,请与出版社出版部联系调换。
电话:0531 - 86131736

灿烂总是幸福的（序）

靳文明

《脸向阳光》是振洪先生的第一部小说集，将其出版是振洪先生近年来的一个夙愿。

振洪先生长期在党政机关工作，能在从政的同时利用业余时间从事写作确实难能可贵。认识振洪先生也是从文学开始的，我们是真正的以文会友。那年，河北丛台酒业成立70年，搞了一个征文比赛，我是评委，恰巧振洪先生的《丛台酒缘》获了奖，就此，我们相识。后来，散见他的诗歌、散文、小小说在多种报纸、杂志发表，由作品看人，再由人看作品，使我们由相识到相知并成为朋友。

振洪其人相貌似与文无关，倒像一介武夫，多年的纪检工作让他养成了一脸的严肃和深沉。但一谈起文学，哈，那一脸的灿烂、一脸的光芒，瞬间就能把人带进他的世界里，一会儿铮铮侠骨，一会儿似水柔情，一会儿粗犷豪放，一会儿细腻滑润，与生活中的他判若两人。我总说，文学的魅力在振洪这里表现得最鲜明。

　　年过半百的振洪有着太多与众不同的生活经历，虽谈不上经受太多的苦难，但也坎坷不易。他生长的年代正是"文革"时期，早年家庭受父辈的影响屡遭变故，使他过早地形成了果敢、勇于担当的性格。小时候，学习成绩优异的他曾经辍过学、练过武，而后又上重点高中、考上大学，令儿时的小伙伴们颇为震惊。大学四年，他因刚入学就拿了长跑冠军，而成了系学生会的体育部长；跟建筑工地欺负同学的人摔跤，让大家知道他爱打抱不平；他还爱诗文书画，又能一展歌喉，演绎了多彩的大学岁月。参加工作后，他当过党校、讲师团教师，在机关当过秘书，干过城管，又做纪检……可以说，振洪先生的经历本身就充满了传奇，充满了故事，充满了起伏，而这些经历正是他写好作品最好的积淀。

　　《脸向阳光》所选的作品大部分缘于振洪先生在生活中的观察和体验，具有浓烈的生活气息。透过振洪先生笔下的这些"小镜头""小故事""小人物"，展现在我们眼前的是一幅幅当代世相的"生活照"，既充满了情趣，又令我们深思。这些作品是阳光的，与其说是"脸向阳光"，倒不如说是振洪先生"心向阳光"。

　　生活从不拒绝阳光，我们的生活需要阳光，我们的社会需要阳光。尽管生活中有阴云、有风雨、有雷电，但只要我们心向阳光，我们就不缺少灿烂，而有灿烂在怎能不幸福？相信振洪先生很幸福。

2017 年春

目 录

查出来的清白

一

"爹！爹！我回来了！"臭蛋刚回到老家，还没进门就喊开了，他怕他爹着急，因为他爹已多次打电话让他回来商量家里房子拆迁的事了。

"你可算回来了。你家里的跟孩子没回来？"他爹从屋里出来，不太高兴地说。

"老师给留着作业呢，媳妇得在家辅导孩子学习。"

"家里都快翻了天了。眼看着人家都签了，就剩咱们三家了。"

"信用社这一段时间忙，我抽不出身来。"

臭蛋在区信用社上班。他从银行学校毕业后就被分配到那儿，还是个中层干部，负责转账。他爹引以为豪。可这次村里拆迁，臭蛋不想参与，他说："人家咋着咱咋着，有啥闹头。"

臭蛋跟他爹回到屋里，先洗了洗手和脸，拿毛巾擦了擦。

"爹，不行就签了吧，生这个气没用，人家都合适，就咱不签也不好。

再说黑子当上支书后对咱家也不薄，干啥跟人家闹?"

"你净说屁话。我这么辛辛苦苦地争，还不是为了你们下一代。我都是黄土埋了半截的人了，我争这个有啥用?"

"儿孙自有儿孙福，咱家条件也不比别人家差，您老就别操这份心了。"

他爹骂了一句："你个败家子!"

正说着，张孬和二狗那两个还没有签合同的，来找臭蛋他爹老疙瘩了。

"疙瘩叔，咱还是签了吧。我看黑子弄得还算公开，他家也没沾光，全村全部都按宅基地面积算的，多占的都没有量，而且又张榜公布了，咱没啥闹头了。"张孬说。

"昨天黑子又上俺家，买了许多东西去看俺老娘，再说他家跟俺家又是本家，俺真不好意思再闹了。"黑子的本家兄弟二狗说。

老疙瘩一听气不打一处来："我知道你们最后就得装怂。现在箭在弦上不得不发，咱最后再争取一下，看他说个啥，实在不行再签。闹了这么长时间，总得争个说法吧，要不，别人该说咱二乎了。"他俩一听这话在理，也同意了。

臭蛋知道他爹这几个人又说那些没用的。他今天回来一来是劝劝他爹，二来还有个事，办完得赶紧回去。

臭蛋说："昨天开发商那儿财务部的小谢，让我给黑子媳妇捎回来一张卡，说卡上有两万块钱，让我亲手交给她。你们先在这儿聊，我去去就回。"说罢，从包里掏出卡就走了。

孩子走了后，老疙瘩突发奇想：开发商——财务部——银行卡——两万块——给黑子媳妇。他突然感到其中有文章。

他对他们俩说："是不是开发商给黑子的贿赂款?"

他们俩觉得这事也有点蹊跷。

"等孩子回来后，看黑子媳妇要没要。如果要了，咱们就告黑子受贿。"

他们两个没吱声。

疙瘩说："这个事，别给臭蛋说，这孩子是个不中用的东西，成不了事，屁股和人家坐一条板凳!"

一会儿，臭蛋回来了，说："黑子哥正好没在家，我把卡给了她媳妇。"

"要了不?"他爹急切地问。

"开始不要，我给她扔到桌子上，就回来了。"

老疙瘩与那两个人会心一笑，三人心中一阵暗喜。

二

这一段时间黑子没日没夜地忙，全村快签完了，剩下的这三户经过艰苦地做工作也差不多了。开发商对此非常满意，多次邀请黑子带着班子成员一起坐坐。可黑子说："不行。虽然我们做了不少工作，但没有群众的大力支持，我们就算再努力，也不可能完成得这么快，要谢应该谢他们。"

开发商想给村领导多补助点，但村里的广场和路及闲散地方要给村集体少算点。黑子坚决不同意，说："这种事你连想也不要想，除非你不想干了。"弄得开发商也没词了。

剩下的这三户在村里是有名的"鬼难缠"。他们几个一会儿要求把自

己的临时建筑按正规地方补，一会儿说门台要算，一会儿又说装修补偿不到位，一会儿又推到老婆、孩子身上，反正就是不签。村干部轮流去做工作，但老疙瘩顶得硬，横竖不签，那两个跟着他也无理取闹。

黑子感到他们也找不出不拆的理由，所以只要再加把劲，这几天就很可能签成。黑子点上一支烟，他要再理理头绪，拿出可行的办法。

"张书记，我给你反映个事。"治保主任满头大汗，一路小跑来到黑子的办公室。

黑子说："别急，慢慢说。"

"今天早上我去老疙瘩家，看到咱们区纪委的人跟着三个干部打扮的人在他家，好像有什么事。我到了后，人家就不说了。这不，我就出来了……"

黑子说："身正不怕影子歪，没事，有什么事我顶着。你再去那两户看看，好好给人家说。"

"行！"治保主任擦擦汗，走了。

三

黑子叫张还民，回村里当支书快三年了。三年来眼看着瘦了一大圈，原来体重二百一十多斤，瘦得只剩下一百五十多斤了。

他们村是个城中村，三年前旧城改造，市里要搞拆迁。由于村、乡都没有认真做工作，村民大部分不同意。但村、乡为了政绩，报喜不报忧，说村民百分之九十都同意拆迁，结果拆迁开始了，村干部没人领包户干部入户，村民也不承认自己是要找的人。市里负责拆迁工作的人白白忙活了两天，最后让几个村干部和在机关上班又是本村出去的人带头签了合同。

到后来，市里决定由区机关党委书记和一名干部成立工作组代理村政。

黑子原来开拖拉机搞运输，后来又弄了汽车队，有了一定的家底后又办公司，挣了点钱。他哥儿一个，父母早早地就不在了，小的时候是吃百家饭长大的，早早地就不上学了。这孩子既老实又肯干，人也勤快，邻居们都喜欢他。他媳妇娘家是本村的，有两个哥，她爹看黑子是个依靠得住的人，就把闺女嫁给了他，一分彩礼钱没要，还帮着他在那片宅基地上先盖起三间房，让他娶了媳妇安下了家。黑子高兴得受不了，经常把一句话挂在嘴边："吉人自有天相。"

有钱后，他经常帮助那些困难户，特别是村里的几个孤寡老人。看到儿女不孝，他也不去跟他们争吵，就把老人养起来，弄得儿女脸上挂不住，只好乖乖地对父母好。所以，黑子在村民中很有威望。工作组组长了解到黑子是个可靠的人，动员他当村主任，特别要搞好三项工作：一是带好班子，二是稳定村民，三是搞成开发。

黑子虽有这心，可没当过干部，怕自己干不好。工作组组长说："我当书记，但是临时的，你当村主任，我帮你一把。"

黑子说："行，但要村民选上，我才能干。"

投票那一天，报名的有三个，黑子得票最高，他当选了。

黑子当时表态："我一定不辜负大家伙的信任，干好工作，服务好村民。希望大家能及时指出我工作中的不足。我敢说，不贪，不胡来，走正道。"

自上任后，黑子积极征求村民意见，拿规划，定方案，摸底排查，向大家解释拆迁对村民的好处。大家一听，他说得在理，大部分村民都同意了拆迁方案。于是，班子成员带头，党员骨干配合，全村一个方案走到

底，每户情况都被张贴到公示栏让大家监督。大家也从一开始观望，到后来配合，全村百分之九十八的人都签了，受到了区、市领导的充分肯定。可以说，开局不错，下一步就是搬迁和拆房了。乡党委感觉黑子是一块料，让他甩开膀子干。工作组撤出，黑子担任了村支书。

四

市、区纪委联合调查组查了一大圈，先后到银行、棉纺三厂和村里调查，就是背着黑子。黑子感到此事跟他有关系。这天，乡纪委通知要和联合调查组的人一起到村里与他见面。黑子说："来吧，我等着。"

不一会儿，老疙瘩跟那两个未签拆迁合同的也一起来了。

黑子以为他们几个又是谈拆迁赔偿的事，说："今天有领导来，一会儿再说咱们的事。"

老疙瘩嘿嘿一笑，说："我们也是要见领导，跟你说的是一个事。"

看到老疙瘩狡黠的样子，黑子感到有些不对，难道今天的事跟自己有关？他有些不好意思地说："对不起，我不知道是什么事，既然领导来与你们有关，那你们先等会儿，他们一会儿就到，大家先喝水。"

老疙瘩说："不喝。"说着，从兜里掏出烟，点上了。

联合调查组一行四人，由乡纪委书记陪同，来到黑子的办公室。乡纪委书记一一进行了介绍。

调查组李组长说："今天，我们来的目的，主要是为了澄清这三位村民反映的问题。首先，欢迎你们对咱们村领导的工作进行监督。对你们反映的问题，区纪委主要领导高度重视，成立了专门的调查小组。经过前一段时间的认真调查，了解清楚了事情的真相，是这样的：张书记的爱人原来与开发商财务部小谢的母亲都在棉纺三厂上班，是一个车间的好姊妹。那年，小谢的母亲得了尿毒症，需要做手术，当时小谢还在上大学，家里拿不出钱，张书记的爱人得知情况后，就瞒着张书记给小谢家拿了两万块钱，挽救了他母亲的命。后来，她母亲班不能上了，病还需要治疗，始终没能还上。小谢毕业后在开发公司上了班，这几年家里逐渐缓过劲来了。她娘叮嘱她，有了钱，一定要还给张书记的爱人。去年，老姊妹俩见了一面，小谢的母亲要还钱，张书记的爱人坚决不要。这次正赶上小谢他们公司要开发咱们村，小谢几乎每天都跟张书记打交道，拿着现钱怕别人说长道短，就让信用社的臭蛋给办了卡，把钱存到上面，并让臭蛋捎回来还给张书记的爱人了。这卡里的钱绝不是什么贿赂款，这是还的救命钱。"

老疙瘩说："你说的这个俺不能全信，她借给人家两万块钱是该有个借据吧。她说是借的就是借的？"

黑子被弄得一头雾水，他对这个事完全不清楚，也不知道当时打借条了没有，所以没吭声。

李组长说："据人家老太太讲，是打过借条的，咱们叫张书记的爱人来一趟最好。"

黑子把老婆的手机号告诉李组长让李组长打。李组长说："还是你让她来一趟好，我们打电话别吓着嫂子，人家还不知道啥事呢！"

于是黑子就打了电话。她媳妇不知道啥事，停下手中的活就来了。一听是这事，气不打一处来，正要发作，黑子瞪了她一眼，她就赶紧回去拿借条了。

老疙瘩要求一同去，他怕黑子媳妇作假。黑子媳妇到家就拿出来了，嘴里没好气地说："这帮人还帮出罪了。"

老疙瘩一看，的确是借条，而且绝不是刚打的。他拿着条，垂头丧气地回来了，到了大队部把条往李组长面前一放，只说了一句："俺算服了，协议俺们马上签。"

协议签订后，黑子立即在大队的会议室召开了支部成员和村民代表大会。他高兴地向大家宣布，拆迁协议已全部签完。另外，村民有人不清楚村集体的土地占了之后怎么办，黑子也向大家解释了："这一部分赔偿款我们大队要用来在村西头路边盖一个大的商场。全体村民按土地面积入股，并推举产生监督委员会，负责经营情况的监督和利润分成。到时候，咱给每个村民都交上养老保险，全村实行退休制度，年龄大的领工资，年轻的可以在商场里打工。再加上村集体经营的其他企业，我们的日子会越过越好。"

热烈的掌声响彻会议室。

张局长"扫盲"

　　这一段时间，张局长很忙，又是看驾校发的书、在电脑上做"驾校一点通"的考题，又是学电脑、学发邮件、学下载文件，特别是还在手机上注册了微信和QQ号，让单位的同事大跌眼镜。

　　张局长是一位毕业于二十世纪八十年代的大学生。论文笔那是首屈一指，前后给两位县委书记当过秘书，小说、散文、诗歌经常见诸报端；论知识积累那是上通天文，下知地理，对中国历史更是精通。凡是跟他当过兵的年轻人都怵他，字写得不好不行，文字写得不通顺不行，汇报工作抓不住重点不行，办事不利索不行……总之，让他满意很难。他经常用过去他们那个时代是如何学习、如何钻研业务的，来教育这些年轻人，但年轻人心里并不服气，只是敢怒不敢言。

　　有一次，张局长从办公室门口过，一帮年轻人正在议论什么。他突然听到有人说："咱们张局长别的都行，有一点我不赞成他，车不会开，字不会打，手机不会用。现在机关办公常用的几种方式都不会，可以说是新时期机关中典型的'文盲'。"老张的脑子顿时像炸了一样，他很想过去说

他们几句，可一想，难道不是吗?

回到办公室，小年轻人说的话还萦绕在他的耳旁。张局长想了半天，他恨自己当时没有考个驾照。都是因为当时自己爱喝酒，媳妇说什么也不让学开车。说起学开车，机会真是太多了，当年他在城管局当办公室主任时，同事们让他学开车，义务当他的教练。但那时他认为自己不用学开车，单位有的是司机，而且考驾照还得掏钱。再加上老婆不让，说他喝酒，脾气又不好，万一出点事，后果自负，所以他始终就没把学开车放到心上。当了副局长后，有几次司机有事，他眼看着车却不会开，干着急没办法。有了电脑的时候，他正任民政局的副局长。那时每年都有下岗职工、贫困职工免费培训，他正好分管这项工作，去听了几次也听不懂，最后又不了了之。所以一切涉及电脑的活他都让年轻人代劳。孩子们玩手机是他最讨厌的，他认为手机只要会打和接就行了，犯不上弄那么多的功能。他女儿上高中时整天拿着手机玩，他不让女儿玩，急得把手机摔了，可女儿说学校留作业、开家长会都是通过发微信和 QQ 通知家长，他却不会回。最可气的是今年大学毕业二十年聚会，同学们建了微信群，其他同学给他注册了微信号，从省城回来后，他的手机刚交了 100 元话费，还欠 80 元，又交了 100 元，还欠 580 元，弄得他晕头转向。他找到通信公司，人家说他开了什么网，他也弄不清楚，最后人家给他关闭了手机里面的什么东西，才算了事。弄得同事们都笑话他，现在说起来都成了他的短处。最后他下定决心，一定要极速补上这一课。

别人他不好意思问，回到家，他把女儿叫过来，说:"闺女，教教你爸电脑吧。"女儿高兴地给他当起了老师，第一次让这个不听人劝的老爸乖乖地给自己当起了学生。晚上女儿教他电脑程序和用手机，星期六、星期天他去驾校练车。张局长第一次感到了自己与这些年轻孩子们之间的差距。到了单位，他也不放弃任何锻炼的机会，不会就给女儿打电话请教，他的"扫盲"工作进行得如火如荼。

不久，他自己开起了车，也不让同事们打这个、发那个、下载这个了，他终于补上了这一课。

验　收

省委党校培训班这个星期五总算结束了。集体合完影，已到午饭时间，张局长没有犹豫，拎起挎包跑到校门口，挥手招过一辆出租车，抬腿钻了进去，直接奔高铁站。他要马上赶回单位。

培训班为期半个月，属于正县级干部上岗培训班。第三天课间休息时，在家主管工作的刘副局长打来电话说："市委召开视频会，要求清理超面积办公用房，限时半个月，在本月底，逐个验收。咱们怎么办？"张局长当时不假思索道："市委布置的工作要严格按要求执行啊，该怎么整改就怎么整改，这有啥好说的。"可是这两天他心里老不踏实。虽说让刘副局长全权负责，毕竟自己是一把手，而且是刚刚上任的呀。他掐指算来，培训班周五结束，下周一验收。

坐上火车后，张局长实在无心欣赏车窗外的风景，纠结、焦虑的思绪挥之不去。

上任之前，他曾见过整治超标准办公用房的文件。文件规定不同职务对应不同面积标准，非常详细。超标问题已经上升到廉洁从政高度，无动于衷就是顶风违纪。局里整改万一验收不过关，就是他这个新任局长失职。

　　还好，火车晃荡个把小时就到站了。张局长又坐了半个多小时的出租车，赶到了单位。他抬脚上到二楼，进了自己的办公室。他瞪大眼睛，惊呆了，曾经的办公室已经面目全非。木头板将办公室隔开三部分，一个小过道上摆着各式各样的花，一间较大的作为办公室，另外一部分做了一个小门，推门进去，原来的休息室和独立卫生间全在里面。他又看了三个副局长的办公室，更惊讶。办公室面积没缩小，增加了办公桌椅，桌椅的主人都是些老病号、长期借调在外人员。

　　张局长的表情立即严肃起来。他让办公室主任立即通知召开局长办公会。没等大家坐好，张局长就急切地说："开个紧急会。办公用房，再有两天就该验收了，从目前的情况来看，严重不合格。大家的用意是让我办公环境舒适一点儿，但大家这是在害我呀。今天我舒服了，星期一我就该下岗挪位了，咱们单位就该写检查、被通报、被要求整改了。会后，办公室立即组织人员，对所有的办公用房认真进行测量，严格按规定标准分配办公用房。首先从我的办公用房开始。"

　　大家说动就动，星期六、星期天也放弃了休息，测量、登记、分配、搬迁。结果，局领导都搬到了小屋，工作人员都搬到了大屋。该局顺利地成为第一批办公用房验收达标单位。

今日报到

今天是新任命的纪委书记报到的日子。

A县全体纪委干部一早就忙个不停。会议室被打扫得一尘不染，办公室郝主任把买来的水果、烟和瓜子整整齐齐地摆上桌，各科室也都被收拾得干干净净。负责给纪委书记打扫卫生的办公室小杨，不到六点就来到书记办公室擦玻璃，整理文件和报纸，用毛巾把那些盆栽花擦干净，再给花浇上水。小杨把桌子和书橱擦了一遍又一遍，把饮水机上的水也更换成了新的，还在新买的茶杯里放上了新买的龙井茶，然后退着把地板擦干净，怕留到地下一点儿脚印，最后关上门。监察局局长又反复检查验收，确认没有什么差错，才叫办公室的同志到机关大院门口等着，等新书记一到立即打电话通知他。

各科室主任几天前也都认真做了准备，想等新书记到了之后，第一时间接触到领导，向领导汇报本科室的工作，让领导对自己有个好印象。原来一直泡病号的那几个今天也都穿戴整齐，打扮得精精神神。

八点三十分，上班的时间到了。在门口盯着的办公室的两名同志一直盯着进来的车辆，看是不是新领导的车到了，但始终没有等到。不一会儿，郝主任叫他们赶紧回来，说新领导已经到了。原来，新书记并没有坐车，而是步行来的。只见县委组织部胡副部长陪同，走在前面的那位身着休闲装，看上去既精神又干练的领导，可能就是新来的常书记。胡副部长小声对监察局局长说，刚才常书记在信访接待室门前站着呢，看到那么多的上访群众在门口站着，信访接待室的大门还没有开，有点生气。监察局局长赶紧上前自我介绍，让书记到会议室坐。办公室的同志准备倒水，常书记拿出自己随身带的杯子，示意里面有水。听说新书记来了，大家不约而同地来到会议室，想跟新领导见个面。常书记让大家坐下，没等胡副部长宣布，就向大家自我介绍："我叫常旭涛，刚分配到咱们县纪委工作，希望今后大家多支持帮助。刚才，我已向县委报了到，算是正式上班了。客套话就不说了，下面我说三个事：一是昨天我往咱们办公室打电话，问纪委书记办公室的电话号码，问了几次，没有一个人肯对我说。纪委书记办公室的电话就是办公用的，不是聋子的耳朵摆设，有什么不能说的？二是我的办公室，门上没有挂牌。三是信访群众那么多，没人接待。且不说这些事该谁管，原因是什么，下面我就针对眼前的三个事讲三条意见。第一，今后不管谁问我的办公室电话、住宅电话、手机号码，都要跟人家说，并且要将这些号码在全县公布。第二，我的办公室门上要有含有姓名、职务、职责、联系方式等信息的指示牌。第三，信访室的同志，把这些水果、瓜子、一次性杯子和纸、笔带上，马上跟我到信访接待室。"说完，他带着大家直接就来到了位于机关大院门口的信访接待室。

信访接待室门口，人头攒动，今天来的人似乎也格外多。常书记到了门口，说："各位父老乡亲，有啥问题到屋里说。"那些在门口冻着的群

众，壮着胆子进了暖暖和和的大门里面。常书记首先向大家介绍了自己，然后招呼大家坐下，让纪委的同志给他们每人都倒上一杯热茶。之后让纪委信访室的同志分组接待，将大家反映的问题逐项登记清楚。老乡们有的说，有的哭，有的将自己写的上访材料送上。常书记让办公室的人员将他的联系方式一一告诉大家。离开的时候，他要求信访室回头把这些内容全部拷贝到自己的电脑上。

从信访大厅出来，常书记又吩咐信访室了解一下，找10个老信访户，将他们的详细情况和联系方式告诉他，说他今天中午要跟他们在一起吃饭。主任问："按什么标准安排？"常书记说："对门那个小饭店就行，就是吃顿便饭。"主任还想说什么，但看到常书记严肃的表情，答应一声，马上就去办了。信访室主任把这几年来的老大难上访户进行了筛选，从中选了10个人，将资料一一交给常书记，然后说："您刚来，最好别招惹他们，这几个人软硬不吃，很难对付。"常书记说："我知道了。"

常书记到他办公室后，让大家先回去，然后他自己按照给他提供的上访户的电话号码，一个一个联系到他们，让他们到机关大院对面的大红门餐馆吃饭，说是大家在一起聊聊天儿。这几个上访户都早早地来到饭店的201房间。常书记逐一与他们握手，让大家随便坐。看到大家都不好意思先坐，他就先就近坐下，于是大家都不再客气，各自自我介绍后，像自家人在一起一样坐了下来。常书记说："我初来乍到，对大家的情况不甚了解。今天之所以邀请大家来，一是表示感谢，感谢大家能来这里反映情况，这就是对我们最大的信任，什么问题都不难解决；二是表示歉意，这么多年了，大家的问题还没能顺利解决，这是我们的工作还没有做到家；三是向大家表个态，从今天起，我们将对大家反映的问题逐一进行调查核实，彻底解决。"常书记列举了几个人的情况，这几个人纷纷点头称是，感动得眼泪都禁不住流出来了。大家表示今后不再来上访，只要常书记尽力给办了，无论结果如何，他们都满意。最后，常书记自己掏腰包结了账。

下午两点整，纪委召开全体干部大会。常书记把上午去信访接待室了解的情况，按照分工分到了相关科室，要求责任到人，说解决得如何，他星期五听汇报。他又请各科室主任就目前正在进行的工作的进展情况以及下一步要开展的工作做简要汇报。他还要求纪委的每一名同志到一线倾听意见，到一线开展工作，到一线调查研究，每周到基层不少于一天；同时将每周一定为他自己的接访时间。

各科室主任的汇报都很简单。常书记问得大家头上出汗。任何马马虎虎都难以搪塞常书记，大家都感到跟这样的书记干工作，今后再也不能混天度日了。会后各科室召开紧急会议，就各自的任务进行了安排部署，不一会儿就都分头下去了解情况了，办公楼里静悄悄的。

傍晚，常书记的手机铃声不断，大部分是想为他接风洗尘的，但他都拒绝了，而打他另一手机号码的他一律认真亲切地解答问题。原来，他向外公布的号码是专为群众反映问题用的。

在机关食堂吃过晚饭，他就回到他的办公室又开始工作了。

人们发现，他办公室的灯一直亮到深夜。

招　生

秦总这两个星期忙得招架不住了，电话一个接一个，办公室人满为患，闹得他电话不敢接、办公室不能进、家里不能待。原因很简单，就是人家的孩子要上初中，而他就是这所中学的投资人。

秦总原来也是个苦孩子，由于家境贫寒，初中没毕业就不上学了，他靠自己的辛勤打拼，成了一个房地产开发商。由于实力雄厚，再加上他十分喜爱学习好的学生，所以每年都拿出上百万元捐助教育。他还资助了数十名贫困生上学，对那些考上大学的优秀生给予奖励。

看到他如此痴迷教育，新上任的市教育局赵局长动员他投资教育，让他先办一所眼下最热门的初中，然后使其逐步发展成一个集小学、初中、高中为一体的教育集团。秦总与赵局长认识多年，那时，赵局长正在当县委书记，秦总正在他们县投资建设一个大型超市，两个人合作过。赵局长的为人秦总非常了解，他知道，听赵局长的没错。但毕竟秦总不了解办学是咋回事，自己的文化水平也不高，不知如何运作，投资得两个亿，万一弄砸了就坏了。

看到秦总有些为难，赵局长说："学校建设你投资，学校管理我给你找人。让全市最优秀的校长到学校进行管理，保证行。学校建成之后，争取把它办成咱们市最好的初中。"

说干就干，资金不是问题。2010 年，秦总投资 2 亿多，建成了宏志中学，学校建筑面积达 2 万平方米，各项设施都是一流的。师资方面除聘请一部分刚退休的老教师外，还招聘了一大批大学毕业生。特别是赵局长给学校推荐了业务精通、直言敢谏、敢作敢为，刚刚从市重点初中 25 中校长的位子上退下来的李校长担任一把手，更是如虎添翼。由于宣传工作做得到位，学校第一年招生，就招了 11 个班，几年的时间发展成为每个年级 30 个班，全校在校生达 5500 余人的名校。由于学校管理严格、规范，许多家长和学生都慕名而来，学校已经满员。李校长说："人多不怕，但要严把质量关，学生一律通过考试入学，从而提高我校学生的优秀率、升学率，使我校成为全市重点高中学生的培训基地。"而且他还跟秦总约法三章，让他只管教育平台的搭建和学校的后勤，教学和学生管理不能插手。他说三年以后看结果，如果学校不能在全市领先，他立马走人。话说得斩钉截铁、掷地有声。秦总也不含糊："只要你把升学率抓上去，其他的事都由我来办。"

李校长说话算数，学校建成后的第一次全市中考，宏志中学的重点高中升学率和人数，名列全市第一。宏志中学一炮打响，名扬全市。

学校的名声一大，来这儿上学的人就更多了，李校长和秦总的日子也更难过了。平日的好朋友、主管学校的上级领导、家里的亲戚蜂拥而至，每年招生就像是进行一场战斗。那些考试分数不够的学生的家长，通过各种关系打电话、写条子，有的找到李校长家里、办公室，送礼、说好听

的、死赖着不走，有的甚至还恐吓、威胁。但李校长顶得硬，所有学生按分数、特长录取，一把尺子量到底。为此，他不知得罪了多少亲朋，疏远了多少好友。李校长说："我只是个打工的，不能违规操作。人家信任我，我就必须行得正、走得端。如果你不想让我丢掉饭碗，就给我一条生路，按规矩办。"

可秦总这儿就不那么好说了，亲戚、朋友他可以得罪，主要是那些他们公司经常求人家办事的和能直接管住他们公司的，不好对付。今年找他的人太多，都260多个了。论秉性秦总是一个说了算、定了干的汉子，论人品无论是亲戚、朋友，还是领导、同事，凡是与他打过交道的人，无不竖大拇指。在他的人生字典中找不到"拒绝"这两个字，不管能耐大小，也不管亲疏远近，只要有困难找到他，他总要给人家帮忙。靠这一人生信条，他在商海摸爬滚打了数十载，逐渐成为全市举足轻重的人物。可自从学校建成后，大家都知道他好说话，他的性格缺陷就暴露出来了。李校长对秦总的这一性格也非常了解，今年更是没办法，因为秦总答应了一大片。李校长在这之前，就给他丢下一个班的容量，让他尽量办好，但不知道有这么多的学生，所以暂时也没有答应。秦总想用到外地躲、换手机号、不接电话的办法，来回避暂时的问题。但公司传给他的信息却让他越来越感到事态严重。人家找不到他，就在方方面面找他公司和学校的麻烦，不怕他不见面。实在拖不起了，他找李校长商量，不行再扩招几个班。可李校长不同意，说："你要是想把这个学校办砸了，那你就这么办。"秦总也不好发作，一筹莫展。看到秦总实在为难，李校长对他说："这样，你通知所有找你的学生家长周六到学校会议室开个会。眼看着就到开学的时间了，不能让人家再等下去了，必须抓紧解决，不然开学了这些孩子没学上，我们可负不起这个责任。让孩子上一个好的中学，对每个家庭来说都是大事，不能耽误。"秦总一听，李校长亲自说最好，这也解决了他的一个大问题。但他也担心李校长说话直，把人家都得罪了。

星期六上午，家长们一早就到了学校。秦总在会议室的旁边找了一间屋坐着。学校的工作人员给他倒了一杯茶，可他无心喝，心里七上八下，不知道结果如何。一会儿，学校办公室的同志请李校长、秦总，还有李校长请来的一位市里的领导坐在了主席台上。

李校长首先讲话："各位家长，大家好，非常感谢你们愿意把孩子送到我们学校。我们学校之所以有今天，与大家和社会方方面面的大力支持分不开。今天来的各位可以说都是秦总的自己人，按说都应该给大家解决，怎奈咱们学校地方有限、师资有限，不能把所有的孩子都安排进来，秦总和我都很为难。秦总不好意思拒绝大家，因为他咬咬哪个手指头都疼。我们也充分考虑到大家这些年对我们学校的关怀和大力支持，所以，我们安排了今天的见面会，主要想说明三层意思：一是学校专门给大家再安排一次考试，按分数由高到低录取；二是凡是没被录取的，家长要做好孩子的工作，抓紧到别的学校，别耽误了孩子上学；三是请大家回去之后给介绍人做好解释工作。大家都不容易，将心比心，希望能理解秦总和我。会后到教务处拿准考证，明天咱就考试。最后祝孩子们能考出一个好成绩。谢谢大家！"会议室立即响起了热烈的掌声，秦总悬着的心逐渐放下来了。李校长虽然讲得不多，但言简意赅，几句话把自己和学校的不易解释得既清楚又到位。李校长接着说："今天咱们请来了市纪委党风政风办公室的刘主任，下面请刘主任给大家讲话。"

刘主任清了清嗓子，说："刚才，李校长已经讲了很多，确实语重心

长，我也很感动。一个民办学校，从起步到成为我们市的名校，的确不容易，不仅需要自己打拼，还得与社会上的方方面面打交道，稍有不慎就会受制于人。今天在座的有的本人就是领导，有的亲戚、朋友是某部门的主管，总之，都是有一定影响的人。大家都觉得自己的孩子就该上好学校，如果上不了就得利用手中的权力给学校找麻烦，而不是找自己孩子的问题，这是对学习好的孩子的不公平，是对普通百姓的孩子的不公平，是一种严重的不正之风和丑恶的社会现象。如果不刹住这股歪风，老百姓是要骂娘的。希望大家在学校组织的考试结束后，严格按照学校的要求办理入学手续；没有被录取的学生要按照市教育局的统一安排就学。如果谁再顶风违纪、以权谋私、不配合、不作为，一经发现，将严肃处理，绝不姑息。"

家长们服了，服的是人家讲得在理。

秦总乐了，乐的是这么难的事办了。

李校长放心了，今年的招生难题终于解决了。

退休的日子

　　尽管县审计局朱局长从两年前就开始谋划退休后的生活，晨练时经常与下棋的棋友、打麻将的麻友、打太极的拳友聊天，从思想上做好准备，但组织部派人跟他谈话让他退休时，他还是感到吃惊，回到办公室半天没缓过劲来。看一看屋内自己熟悉的一切，马上就要离开了，他还是有点不知所措。他认真地从头到尾、从里到外想了想这十几年当局长的日子，反思自己的不是，感到自己有时不近人情、工作方法简单，确实得罪了不少同事。他现在想起来还有些后悔，但拍拍良心说自己做的事没有一件是出于私心做的。

　　办公室主任想来安慰一下他，但不知从何说起，又怕老局长需要帮忙，没人问。

　　前一段县里让朱局长与发改局的人一块出去考察，实际上是让他出去转转散散心，但他说人家主要是考察项目，没有他什么事，所以就拒绝了。当时办公室主任还说给他买一台照相机，说是局里查账用的，实际上是让他自己用，但他把办公室主任训了一顿，说这是让他占公家的便宜。

局里面就因为有他这个局长，啥东西也不发，啥待遇也取消，弄得大家意见很大。但他不管不顾，一句话，这是上级的规定，必须严格按要求办事。还有那个女副书记，临退休时提了一个个人要求，也被他拒绝了，最后人家哭着走了。

新局长马上就要上任了，想到这里，朱局长给自己的儿子打了个电话，让孩子开车过来，把他的东西拉回去，顺便把自己接回去。儿子接了电话，听说是这个事，说："你们单位没有车吗?"朱局长说："爸爸退了，不能再用公家的车了，你过来一趟吧。"儿子一听，说："那好，您退了正好在家看孙子。"不一会儿就开车过来了。

单位的人都在窃窃私语，等着领导来打招呼好过去帮忙。看到他儿子来了，一问是来接朱局长的，大家一拥而上，帮朱局长收拾。朱局长看到同事们都依旧那样对他，也没再客气。不一会儿，东西就装好了。临走时他同大家一一握手，并给办公室主任交代说："你给新局长说一声，我的东西都已经拿走了。这是办公室的钥匙，你要尽快交给他。"说完头也没回地走了。

回到家，朱局长仍感到不适应，老伴跟他说什么他都像没有听到一样。打开电视，虽然老伴调得声音很大，但他仍看不下去。中午吃饭，尽管老伴给他做了五六个他平时爱吃的菜，并喊了几阵，但他还是没有来吃。小孙子缠着他说话他也不说话，弄得小孙子很无趣地找奶奶去了。朱局长把手机关掉，一个人站到阳台上看着窗外。这是他自己的家呀，今天看起来一切都那么陌生。他忽然想到，已经搬到这里十多年了，但从来没有站在阳台上认真看看外面是什么光景，一天到晚地忙工作，现在终于要整日与阳台为伍了。停了好大一会儿，他感到有些累了，便无精打采地半躺在床上，可一点儿睡意也没有。

家里的电话响了，老伴拿起电话："老朱，找你的。"

"就说我没在。"

老伴回了句："老朱不在。"

"我是局里的小张啊，我们几个想去看看朱局长，一会儿局长回来，您就说我们一会儿就到。"

老朱一听是同事要来看他，一下子精神起来，但老伴把电话挂了，为此老朱还不停地埋怨老伴。

大概不到半个小时，小张与几个同事一块儿买着大兜小兜的慰问品来了，不一会儿新来的局长带着班子成员和办公室主任也来了。大家你一句我一句叙说老局长给他们家帮忙，在他们成长道路上老局长坚持原则、仗义执言、支持他们工作的事，以及局里近几年获得的荣誉等。一桩桩、一件件，说得老朱直咧着嘴笑，他知道大家说的都是实话。送走大伙后，老朱终于吃了一顿安生饭，睡了一个踏实觉。

第二天天刚蒙蒙亮，老朱就穿好自己往日晨练时穿的运动装下楼了。他走在小河边，心情格外舒畅。在河边的广场上，他看到他们局的那位退了休的女副书记带领一伙女同志正在跳广场舞，远远地就给他打招呼。老朱怕影响大家伙，赶紧扭头走了。

同志们并没有忘记他，他吵过的人也没有记恨他，他深深地吸了一口气，感到今天的空气特别好。他想，首先要做一个好人，当一个正直领导，只要一碗水端平，做事光明磊落，心中无愧，什么时候也不怕鬼叫门。他脚步变得更加轻快了，走起路来也更加有力了……

仙芹娘

仙芹娘走了，走得无声无息，直到走近生命的终点，她也没惊动邻居们，没弄出一点儿声响。

仙芹娘是个苦命的人。她嫁给了一个叫周继承的男人，原为延续周家的香火，但她出嫁时周继承已是个久病在床的人。过门那天，娘家也没人来。过门不久，丈夫就过世了，她甚至没能当一回真正的女人。因为没能给周家生下一男半女，所以婆婆对她非打即骂，她平时连个大气儿都不敢出。

仙芹娘长得丑，平时婆婆不让她出门，邻居们很少在门口见到她。直到她的婆婆得了老年性痴呆倒在炕上了，大家才常见到她，打猪草，扛秸秆，背着婆婆看病，大冬天洗婆婆拉脏的裤子、尿脏的床单。她总是低着头，很少跟人说话，直到她那婆婆不在的那天，她到邻居家磕了几个头，大家到她家帮忙，看她给婆婆穿在身上的送老衣那针线活做得拿手，家也收拾得干干净净，才感到这个丑女人并不简单。

仙芹娘很要强。她孤苦一人，生产队要把她列为五保户，但她坚决拒绝了。有人劝她找户人家嫁了，她说："俺自己都嫌自己长得丑，就这样吧，挺好。"后来，兴办低保了，她也没有去申请。

那一年，对门小门诊里有一个被遗弃的小孩，说是两个城里的年轻人还没结婚，偷偷跑到这农村来生下个闺女不要了。仙芹娘听说后找到那儿，小门诊的大夫说什么也不给她，说她连自己都养不起，再添个孩子怎么养。她什么也不说，只是死死抱着孩子不松手，给人家磕了三个头。

孩子领回家后，起名叫仙芹。说来也是这孩子有福，仙芹娘没让她受一点儿委屈。仙芹娘养了四只奶羊，为的是让孩子能喝上羊奶；还喂了一头老母猪，这头猪一年冬、夏两季各下一窝猪崽，卖成钱后，正赶上孩子春、秋两季开学用。仙芹也很争气，在学校学习成绩始终排班里第一，家里墙上贴满了学校发给她的奖状。但这孩子也有点嫌她母亲，从不让母亲去学校接自己、看自己。有一次下雨，仙芹娘去学校给孩子送伞，被仙芹埋怨了好一阵子。就这样苦熬了十八年，终于，仙芹考上大学了。仙芹没跟娘商量，报了一所距离家乡几千里的医学院，她娘就是想去看她也找不到那儿。

孩子走的那天，仙芹娘把自己攒的 5000 元钱给孩子缝到了裤腰里面。她知道孩子这一去好几年见不着了，含着泪把孩子的身世告诉了孩子。听完后，孩子哭得爬不起来，觉得对不起含辛茹苦养育自己多年的老娘。仙芹娘只是高兴地擦着激动的泪水。她没有去火车站送孩子，怕孩子的同学们知道她是孩子的娘。

孩子一走几年，给她写过几封信，可因为怕花路费从没回来过。仙芹娘无论再难也如数给孩子寄钱。但她毕竟年事已高，因劳累过度，她的身体一天不如一天了。

今年，孩子上大四了，又给她来了封信，说是已与广州的一家大医院签了就业协议，毕业后就可以到那所医院上班了，劝她好好保重身体，说上了班，抽空回家看她。仙芹娘高兴得几夜都没睡着，心想自己终于熬出头了。孩子终于可以自己照顾自己了，她的整个心放松了许多，也感到自己已经力不从心了。

前不久，别人说她脸蜡黄，怕是得了黄疸性肝炎，于是她自己悄悄到医院做了检查。医生说她患的是胰腺癌，让她做手术，她说什么也不肯。医生说这样下去她最多能活四个月，要通知她的家人。她说："不要通知我孩子，让她安心读书吧！"她找人跟医院签了一份遗体捐献协议。她对大夫说："别看俺人长得丑，可俺身上的零件都没什么大毛病。俺养了个闺女是个学医的大学生，俺就把自己身上能使的东西都捐了，到时给俺妮说，俺这当娘的能做的也就这些了……"感动得在场的人纷纷落泪。仙芹娘死后，医院按照她的遗愿，选择了数个患者，马上进行了移植手术，随后，将她的遗体火化了。

就这样，仙芹娘静静地离开了这个世界。她活在这个世界上时，像尘埃一样让人们觉得可有可无，她走的时候却是这样的淡定而从容。有人说这个傻女人一生只为别人活了；有人说这个女人心眼可不赖，可她的命咋就这么苦呢？直到死，人们也不知道她的具体年龄。但也许这些已经不再重要，因为她的眼睛已在别人的眼眶中发光，她的心脏已在别人的胸腔中跳动，她那普通而顽强的生命依然延续着……

老桌的

    "老桌的被逮起来了，昨天傍黑让人家打得不轻，说他偷了人家的钱包。"清晨刚一上班，办事处的大门前围了一大堆人，有个人正在眉飞色舞地讲他昨晚的见闻。

    办事处张主任一下车，看到这么多人围在门口，却看不到看大门的老桌的，院里的卫生也没人打扫，就气不打一处来，马上喊来办公室小王，让他看看是怎么回事，叫老桌的到主任办公室去一趟。

    老桌的是红星办事处看大门的，身高一米五，六十岁左右，常穿一身藏蓝衣服，是个光棍儿。他的官名叫刘竹子，但邯郸话喊起来像桌的。天长日久，他姓什么人们都忘记了。他也不在意，随你喊。

    那年，办事处招门岗，名额两个，招聘启事贴出去之后，起初报名的不少，但好多人一听每月工资1200元，就走了。而老桌的不问钱多少，用他就行。另外一个姓张，人看起来比老桌的精明。办事处就定了下来，两个人一个白班，一个夜班。老张上来就占住了夜班，事少，睡一觉不耽误白天干别的活。老桌的也没说什么，自己就干起了白班。老张也是一个光

棍儿，刚开始还能正常上班，不久找上了媳妇，就隔三岔五地让老桌的替班。老桌的没怨言，但几次下来就被办事处领导发现了，还被连带着吵了一顿："要替你就替到底，不能白给他开一份工资。"老桌的说："行。"就这样，老张被炒了鱿鱼。领导说给老桌的多少再涨点工资。老桌的说："不用，我在这儿24小时值班，还省下了租房的钱。"领导同意了，但要他打扫好值班室的卫生，不能弄得像猪窝，因为毕竟是办事处的值班室，代表着办事处的形象。老桌的说："行。"

老桌的每天把值班室收拾得一尘不染、窗明几净，而且把院子也扫得干干净净，还烧热水、送报纸，后来门口两侧的花池子也成了他打扫的对象。大家习惯了他的服务，也认为这些活就该他干，从来没人注意过他。有时，别人的电动车、自行车车筐里有忘拿的东西，他挨着问是谁的车，有人还嫌他问得太多、烦人，还给他几句。老桌的也不生气。有时谁的电动车、自行车坏了，他该补胎的补胎，该收拾的收拾，从没怨言。只有上面来办事处检查时，领导才想起他来，总要嘱咐他两句，让他多留心。其他的时候他就成了可有可无的。就这样，他在办事处看门已经五年多了。

办公室小王到了大门口，看一堆人正在窃窃私语，议论老桌的被抓的事，问原因，大家都说不清楚。小王只是摇头，看不出老桌的还敢偷包。他急忙到办公室翻出派出所的联系电话。派出所说，确实头天晚上发生了打架的事，目前正在调查审问，回头再联系。

小王急忙向办事处薛书记和张主任汇报。薛书记说："用不用去派出所看看，到底是怎么回事？"张主任说："看来不是什么好事。他又不是咱们单位的正式职工，不行再找一个，万一他有事，咱们办事处脸上也无光。"薛书记一想也对，让张主任尽快再找一个看大门的，因为门岗不可一日无人。

上午 11 点多，办事处大门口突然锣鼓喧天，大家都从办公室出来看。只见几个穿公安制服的人排着队，后面还有一些群众。领头的两个穿公安制服的还手提一面红色的大锦旗，上面写着"办事处刘竹子品德高尚、助人为乐。红星派出所敬赠"。一个身穿公安制服的大个子，大家认出他是派出所的李所长，带领大家来到办事处的大门前。薛书记和张主任不明原因，急忙问是怎么回事。李所长说明了来意。

原来，头天傍晚，老桌的在打扫门口花池的卫生时，发现了一个包，里面不仅有三张银行卡，还有 5000 元钱。正当他在那儿看里面东西的时候，从北边跑过来几个小伙子，不由分说地要从他手里夺包。老桌的蹲在地上死死地搂住包不放，说："咱们先报警，如果是你们的包我会归还，不是你们的，那我要还给失主。"

几个年轻人一听，这老头还挺倔，上去就是一顿拳脚，把老桌的打倒在地。老桌的死活不松手。这时围过来许多人，问是什么原因打人家老头儿。年轻人说："他偷了我们的钱包，还不给。"大家看老头儿的打扮，也就信了。旁边有人打了"110"，一会儿警察赶到了，把他们几个一并带到了派出所。

派出所把几个人分开做笔录。几个年轻人一不知道包里都有什么东西，二说不清在什么地方被偷的，而且说的情况都不一样，而老桌的把事情一五一十地说得清清楚楚。事情很清楚，是年轻人在故意找碴儿。派出所又乘胜追击，最后知道这几个人是最近在辖区内偷包的犯罪团伙成员。他们头天晚上在市场，看到一个女同志正在吃饭，包就放在身边的凳子上，于是相互掩护，把包偷走了。走了没多远，正好碰上一队巡逻的民

警，他们就顺手把包丢在了路边的花池里边，想一会儿再去拿。不想让老桌的给捡到了。派出所抓获了一个偷包团伙，为群众除了一害。

做完笔录后，让老桌的签字时，他又习惯性地签了一个桌的。派出所的同志突然想起来，近期有很多人给派出所打电话，查找一个叫桌的的人，说他给几个贫困的孩子捐钱捐物，邮寄的单子上填写的名字就是桌的，但派出所查无此人。原来千方百计找的人就是他。派出所急忙给对方打电话，把这一秘密告诉了大家。当他们得知一个孤寡老人，钱挣得也不多，却帮助了他们时，请派出所无论如何也要代为感谢。派出所李所长让内勤立即制作了一面锦旗，再叫上居委会的鼓乐队，这才有了刚才的这一出。

办事处薛书记和张主任听完后，很感动，老桌的不仅没给办事处抹黑，还给办事处争得了荣誉，于是当场拍板，给老桌的涨工资，在办事处开展向刘竹子学习的活动。

浑身是伤的老桌的笑了，眼里的泪花在打转。

大家走了之后，他又拿起了簸箕、扫帚。

晚　节

　　再过一个月，天齐村党总支书记、天齐集团公司董事长兼总经理董天模就要退休了。

　　天齐村是一个城中村，随着城市规模的不断扩大，该村的土地逐步被开发。旧城改造把村里的全部村民变成了城市人口，占地开发赔偿也让大部分村民变富了，手里有数十万的赔偿款，还有好几套楼房。村集体通过土地开发成立了公司，原村民通过交纳社会保障金的方式归了社会，公司就剩十几个人管理着集体资产，仅租赁费一项就够他们打着滚花也花不完。董书记的头衔也随着公司实力的不断增长而不断增加，如今的他不仅是市人大代表，还是市劳模、省劳模。他的办公室里也挂满了参加各种会议后留下的照片。

　　虽然老董的名气不小，但他始终坚持骑一辆二八式老旧自行车上下班，抽烟抽赖的，喝酒喝孬的，穿着也十分朴素，一双千层底布鞋是他的典型穿戴。这些年他给村里的老百姓也办了不少好事，老百姓对他交口称赞。

　　可最近几天，有几封揭发检举他的信寄到了区纪委信访室，反映的正是他贪污受贿的问题。虽然大家对他的印象很好，但信访室主任不敢怠

慢，立即上报给纪委书记。虽然是匿名举报，但纪委书记还是批示，让一名纪委常委带队，立即对信上反映的问题展开调查。

他们先通知，要对下属的 9 个村进行例行检查，把天齐村不前不后排在了第 5 位。董天模知道这都是走形式，找个财务上的毛病，罚款了事。一打听，果不其然，在前几站只是简单地翻了翻账，大部分都不超过一天的时间就进行完了，而且也不在被检查单位吃饭。

到了来天齐村检查的那一天，董书记去都没去，只是叮嘱会计应付应付。村里的管账会计就是董天模的亲妹妹，工作组进入之后，她的态度比较蛮横，虽然把账全搬出来了，但问啥不说啥，一副不以为然的样子。从审计、财务和纪委监察室抽调的几名同志都是办案非常有经验的同志，但经过三天的仔细检查，除了发现一些小问题外，账面上看不出有太大的问题。整了一肚子气的董天模，看在别的村查一天，而在他们村查了三天，感到欺人太甚，终于忍不住了，找到工作组，说："你们纯粹是没事找事，来骨头上啃肉来了。我董天模的为人谁不知道？说我贪污受贿，鬼都不信。你们可以随便查！"说完，头也不回地走了。

看到董天模态度不好，工作组只好从外围切入。通过走访群众得知，很可能与最近邻街的多间门市房拆迁有关，开发商为了多占地、少赔偿，向村班子主要领导行贿。工作组向领导汇报后，决定联合检察院，马上对开发公司来往账目及银行转账明细进行突击检查。他们发现有两笔款转的时间离得很近，又到银行对董天模个人存款及银行转账明细进行查对，最后发现了两笔款的踪迹，就是开发公司给董天模的行贿款。

这样一个拿足了"廉洁范儿"的老干部，在自己的政治生涯行将结束的时候，终于未能守住晚节。

砚　台

　　小庞是二十世纪八十年代末毕业于名牌大学建筑设计系的高才生。那时名牌大学毕业生还不多，所以，他被直接分配到了市规划建设局。

　　小庞扎实肯干，局长重视人才，没几年工夫，他就脱颖而出，被提拔为城建处副处长。人们看好小庞的政治前途，认为他是建设局最大的潜力股。

　　随之介绍女朋友的纷至沓来，特别是几个局领导，对他的婚事格外上心，今天介绍个领导的千金，明天介绍个老总的女儿。小庞出身农家，自感门不当户不对，怕将来驾驭不了，父母受气，自己受累，于是找了一个中学同学。她也出身农家，是个中学教师，通情达理，孝敬父母，对小庞关爱有加，小庞很是满足。局里的很多人曾为此唏嘘感叹了好一阵子。

　　一晃二十多年过去了，局长、处长走马灯似的更换，而小庞却原地踏步。有人劝他换一换处室，可现任处长重感情，谁要想让小庞到他们处室去，就跟谁急，一句话，除非让小庞去当处长。就这样，小庞逐渐变成老庞，两鬓有了白霜，渐渐也失去了动一动的想法。

前不久，局长又换了，是从市文化局调过来的。局里几个为老庞愤愤不平的，给老庞出主意，劝他找找领导，提不提拔不要紧，换个处室也行。老庞长叹一声，说："顺其自然吧。"办公室主任善于察言观色，内部消息也掌握得最多，不足之处是不会写材料。他知道老庞在这方面是个高手，所以经常让老庞帮忙。老庞是个老实人，也不会推辞，而且总能完成得漂漂亮亮。他想让老庞到办公室当副主任，但老庞的处长不让，为此，两人还干了一仗。后来，老庞也不敢公开帮忙了，怕处长知道，给自己穿小鞋。一天，新来的局长要听各处室汇报，主要听前一段工作情况和下一步打算。老庞呢，身体不舒服，几天没上班，结果会上处长被问得张口结舌，对今后的打算也说不清、道不明，让新局长批了个狗血淋头。会后，局长让办公室收集一下各处室的情况和意见，写一个综合材料，过几天向市长汇报。办公室主任慌了，急忙找老庞，可老庞正在住院。他等不及了，提着一大兜慰问品跑到医院，对老庞说："庞处长，咱们新来的局长可是个正宗的文化人，懂材料，懂业务，特别是重视人才，你肯定有用武之地了。抽时间我找局长聊聊，推荐你到办公室当副主任肯定行。"然后，他话锋一转，把局长让写汇报材料的事说了。老庞面现难色，苦苦一笑，说："身体实在顶不住，实在不好意思。再说上次各处室汇报会，我也没参加。"

办公室主任走后，老庞心里也不是滋味，心想，主任找他，是瞧得起他，毕竟人家到医院看他，又是个急事，咋能一口回绝呢。再说了，主任确实一直想要他当副手，是处长太自私了。进一步想，人家主任也挺不容易的，屈尊求助别人，已是很难得的了。于是，他决定提前出院，帮主任渡过难关。他加了个班，使材料得以顺利过关。这一次办公室主任没敢贪功，向局长实话实说，还说想让老庞到他手下当副主任。

晚上，老庞的老同学市委党校副校长吴超打来电话，说赵先生从北京回来了，点名要见老庞。

赵先生是市知名书画家。十几年前赵先生在北京办画展，师从赵先生的吴超推荐老庞给赵先生搞策划。那次成功之举，让赵先生声名鹊起，之后，获得许多荣誉，多次到美国、法国、日本、泰国、荷兰、比利时讲学，名扬海内外。后来，赵先生一家定居北京，但故乡的书画室一直保留着。他几次回来邀请朋友相聚，老庞都没去。这次，专门请老庞，岂有推辞之理？

赵先生家不大，但很有艺术氛围。

赵先生唏嘘感叹："北京一别已十年有余，小伙子变得有点沧桑感了。"

"呵呵，先生依然精神矍铄，不减当年哪。"

"怎么样？工作还算顺心吧？你们局长曾是我的学生，后来从政了，从文化局到建设局。"

吴超插话道："先生，要不咱们先去饭店，到那儿再聊吧。"

赵先生挥挥手说："饭店不去，今天是家宴，小庞也是第一次来，一边吃一边聊，更方便。"

赵先生不喝酒，只喝茶。席间兴致勃勃地讲起自己正在筹建的创作基地，谈及自己目前求贤若渴。

"小庞，我很看好你呀，非常欣赏你的能力。"

"先生过奖过奖。诚惶诚恐了"。

赵先生挥挥手："搞艺术贵在自信，你有一种准确领会艺术家创意的悟性，更为重要的是，你还有一种难得的将创意变成现实的能力。不瞒你说，十多年前第一次合作时，我就感觉到了。这次回来，我就是想和你谈谈，看你是否愿意跟我干。年薪十五万。这个六十多人的队伍就由你来带。如果发展得好还可以加薪。论资历、论能力都非你莫属。"

老庞一听头都大了。他的工资才两千多，十五万相当于他工资的七倍。他有点忐忑地问："这么高的工资，我，行吗?"赵先生说："在北京这样的工资不算高，而且你能够胜任。只是你现在有一份不错的工作，怕你不愿意去。这两天你再考虑考虑，也可以过去看看，我在北京随时恭候你。"老庞激动地点点头。

饭后，赵先生拿出一张宣纸，提笔为老庞写下十个大字"海阔凭鱼跃，天高任鸟飞"，书上名，盖上章。赵先生说："我也没有什么能感谢老弟的，赠兄弟一幅字，不成敬意。"老庞激动得不知说什么好。

赵先生又拿出一个缎面木匣子，里面装着一方古朴、精美的砚台，他托老庞捎给他们局长。他说："我在市文联当副主席的时候，你们局长跟我当兵，小伙子肯学、能干，我非常喜欢他。这是他当时送给我的一件东西，你替我还给他，以了却我多年的一个心愿。"

他情不自禁地讲起这方砚台的来历，说这方砚是清代"扬州八怪"之一高凤翰晚年的作品……

听着赵先生的讲述，老庞对赵先生的艺术造诣佩服得五体投地。赵先生给他上了一堂生动的艺术鉴赏课。

从赵先生家出来，吴超说："我也没敢让先生给写幅字，他自愿给你写，确实出乎我的意料。他这人就这样，你如果给他要墨宝，他往往不给，你要是什么都不要，他又要真心实意地感谢你。"

吴超说完，冷不丁冒出一句："你猜猜赵先生为啥不亲自把这个砚台还给你们局长？"

　　老庞摇摇头。

　　吴超意味深长地说："这里面有故事呀——你们局长在赵先生手下当兵时，对先生的为人和书画佩服得五体投地。有一次，赵先生讲起了自己的一次奇遇。县里有一位老人找到他，要让他看一方石砚，先生一看爱不释手。老人说这是祖辈传下来的。那年，他的祖辈到山东锻磨，正好到了高凤翰的家，高凤翰当时又老又病，加上官场失意，精神上受到严重创伤。他右手残废，下肢失灵，靠卖画刻砚为生。高凤翰爱吃豆芽、豆腐，老人的祖辈花去了一个多月的时间给高凤翰锻了个直径二尺的小磨，做工精美。高凤翰非常满意，但付不起工钱，就给老人的祖辈做了这方砚台。当时高凤翰嘱咐说，这方砚不要卖，要好好保存，即使出手，也要给一个真正懂得他的人。老人的祖辈不知道这个病老头儿是谁，但遵照嘱咐，一直将砚台传下来。老人想把这个宝贝给赵先生，这样他就可以告慰先祖的在天之灵了。赵先生不敢夺人之爱，但话里话外表示遗憾。你们局长暗暗记住了这位老人的家庭住址，亲自到老人家，但老人不卖。你们局长说是赵先生想要，老人就爽快地答应了，但决不要钱。可临走时，你们局长还是扔给老人 500 块钱。后来，老人带着儿子找到赵先生退钱。赵先生蒙了，他不知道你们局长为了能让他如愿，假借他的名义买下送给他。老人二话不说又用同样的方式把钱扔下走了。赵先生一直十分纠结。前不久，赵老先生到山东开座谈会，参观了高凤翰纪念馆，在观看高凤翰早、中、晚不同时期的书画及诗、印、砚等作品时，再次想起了这方砚，希望你们局长能与老人的后人商量，把它赠送给纪念馆，以告慰老人祖辈的心愿。"

老庞与吴超分手后，一路郁郁而行，浮想联翩。

第二天，老庞把砚台送还给了局长，并把赵先生的意思给局长说了。

不多日，局长带着老庞与老人的儿子一起把砚台赠送给了高凤翰纪念馆。回家的路上，局长向老庞吐露，局里拟提拔老庞为正处长，近期准备上会研究。老庞说："谢谢局长，不好意思，我准备到赵老公司工作。他创办了一个创作基地，让我负责。我想去试试。"

局长不无感慨地说："物以类聚，人以群分。赵先生让你去干，你去看看。如果行，我不拦你；如果不行，你回来上任。我等你！"

蜕　变

　　省日报新闻调查部的主任李鑫，刚刚接到总编下达的任务，对全省这次受表彰的扶贫单位和个人的先进事迹进行系列报道。

　　李鑫找出了这次受表彰的单位和个人名单，首先看自己老家所在的市县有没有受表彰的单位和个人。他发现了一个非常熟悉的名字——袁秀茹。这个人在五年的时间里，创办企业，在家乡安置了150多名父老乡亲，累计捐款数十万元，资助困难学生60余人。这段简单的文字，一下子吸引住了他，他想，这个人该不是他的同学袁秀茹吧?! 姓名、年龄、籍贯都对，但事发生在她的身上，说什么李鑫也不相信。他急忙拿起电话，给他在县委宣传部担任副部长的同学打电话。他同学肯定地说："就是她，人家现在是咱县的名人了，获得了一系列荣誉，还是市人大代表呢!"李鑫不禁愕然。

　　故乡出了这么一个大能人，李鑫确实想不到。他们村地处太行山的深处，距县城60多里路。都说穷山恶水出刁民。小时候家乡确实给李鑫留下了阴影。听祖辈说，他们的祖先是个朝廷追捕的要犯，没办法带着几个家丁逃进了这个穷山沟，几代人在土坷垃里刨食，自给自足。男孩娶不上媳妇，女孩嫁不出去，只能近亲繁育。刚解放那会儿，这里成了人口多、土地贫、家里穷、傻子多的有名的一个贫困村。乡镇开会，村里的干部天不明就起床，骑着自行车就是把裤裆磨烂，到了那儿还是迟到。后来，乡镇专门给村里安上了电话，一般会就在电话里说。村里的民风也差，村民整体素质差，读过书的人少。后来，国家对这个贫困县投入多了，路修了，学校建起来了，村里与外界的接触多了，村民的整体素质也提高了。

上中学的时候，李鑫和袁秀茹是同学。李鑫的父亲是他们村唯一一个当兵入党提干，最后在县委上班的能人。李鑫从小就在县城住，母亲是中学教师，家庭条件不错。袁秀茹的父母都是村里土生土长的农民，生了三个闺女、一个儿子。秀茹是老大，担负着照顾妹妹和弟弟的重任。上初中时，虽然九年义务教育不用交学费，但家里孩子多，她又是老大，又是女孩，家里不想让她再上了。但秀茹坚决要上，绝了三天食，终于说动父母。秀茹在镇中学上了学。开学前的暑假她在县城打了一个月的工，自己买了一辆二手自行车，每天上下学靠这辆自行车。就这么度过了三年。

上了高中后，她必须骑自行车先到镇上，再租三轮车把自行车驮到学校。她从家里带干粮和家里腌的咸菜，在学校住五天，休息日再原路返回。后来，她的大妹妹也上了县城的初中。家里每星期只给两块钱，除自行车的驮运费，还有每天喝稀饭的钱。学校免了她的学费，上学还能勉强维持。

有一次，跟了她四年多的自行车丢了，她在学校的自行车棚里找了半天也没找着，最后，把一个锁不太管用的自行车给骑走了。学校报了案，最后落实到她身上，但她坚持认为自己的自行车丢了，就该骑一辆回去，这合情合理。班主任和校长反复做她的工作，也没做通，最后公安局花了很大的力气从中调解，她才算作罢。这事闹得满城风雨。

她妹妹让本年级的一个男生欺负了，秀茹去找那个男生评理，结果那个男生就是不认错，秀茹于是和那个男生撕打起来。虽然打不过那男生，但秀茹一直追着打，吓得妹妹去拦她。她不依不饶，直到那个男生给她妹妹道歉才算作罢。

没有了自行车，不仅自己回不了家，妹妹也回不去。眼看三妹又该上初中了，秀茹决定自己不上了，做个小生意。这样，妹妹们星期天也不用回家了，可以在她租的地方吃睡。

她没有手艺，好在一辆自行车让她学了不少东西，一般的小毛病她自己就可以解决。于是她在学校附近租了一间房，修理自行车。刚开始闹了不少笑话。人家的自行车前轮胎跑气，她翻过来还补前边，一直找不着窟窿，就给人家补了一块，等翻回来还跑气，才知道补错地方了。刚开始没有工具，轮胎卸不下来，弄得手都出了血，后来才知道得用工具先把轮胎撬起，才能把轮胎卸开。但好在在学校门口找她修车的都是孩子，任凭她折腾。生意一天好过一天，她又把附近的房租下开了个食堂，名曰"小吃所"。学校的同学有人建议她修改一下名称，说一来到她那儿容易想到厕所，但她死活不同意。

李鑫大学毕业的那一年，等待分配，在家打工时，秀茹已经开始开打印店了，做锦旗、名片、牌匾，打印材料。李鑫就在她店的旁边给另一家打印店打工。两个店相邻，李鑫打工的这家还是公家的，但不如秀茹的干得红火。当时秀茹还让李鑫来她的店干，但李鑫考虑到先在人家那儿干了，不好说，也就没去。秀茹当时还不太愿意。

后来，李鑫被分配到省日报社之后，就再也没有见到过秀茹。

对，先采访她。第二天，李鑫带上设备，又带了两个助手，从省城出发，直奔故乡。他先给市报的对口科室打电话，让他们等着，不到三个小时，就到了报社。一了解才知道袁秀茹的总公司在市内宏源大厦十二层，而县里的几家都是她的子公司，于是他们就先到总公司里找袁秀茹。

公司总经理助理，一个看上去精明能干的女同志接待了他们。她告知说秀茹到县里去了，要了解几个精准投资项目，然后，把李鑫他们领到了接待室。她分别给他们倒了一杯咖啡。李鑫无心喝咖啡，起身看了看那个巨型展板。首先映入眼帘的是河北传媒公司的招牌，上面有公司的简介：公司擅长组织策划各种大型活动，先后组织了"钻石杯"首届主持人大赛、"煜坤杯"中老年才艺大赛，以及文艺晚会、文化艺术节、厨艺大赛。多次获得省"文化创意奖"。公司下设四个分公司、一家食品企业，职工358人，年创利税1380余万元。

李鑫没有想到她的老同学发生了如此大的变化。助理介绍说，秀茹注册了个人商标，解决了村里一部分劳动力就业问题，成为致富的带头人。她致富以后，有一次给市妇联搞"爱心捐助大会"策划，了解到了有那么多和她曾经一样贫困的孩子无法读书，于是给这些孩子捐钱捐物。她每月还抽出时间去看望孤寡老人，这不，她又准备建一个敬老院。现在她可是个大忙人。

李鑫深深地感到心灵受到难以名状的震撼，没想到家乡发生了这么大的变化，如今鸡窝里真的飞出个金凤凰。李鑫决定明天一定要找到秀茹，他要好好地采访她，写出一篇高质量的报道。

学　霸

八十年代初，刘尊礼考入了省城的一所大学，成了一名中文系的学生。

入学的那一天，同学们从四面八方来到这个学校，家长、亲朋有送行的、有看望的，大人哭、孩子叫。先几年到校的老乡，也过来问候，很是热闹。尊礼却一个人带着简单的行囊，领了小马扎，铺开床被，便谁也不理地看起书来。

同宿舍的人喊他一起去买饭票，他一声不吭地跟大家一起去，回来后，仍坐在床前看书。老师和班主任到宿舍和大家见面，他也不说话，只是认真地听。宿舍长热情地跟他打招呼，他也只是简单地哼哼哈哈。就这样，开学的头几天过去了。

渐渐地大家了解了他的身世。尊礼老家在唐山丰南，也就是唐山大地震的震中附近。他父母及妹妹在地震中都失去了生命，他也被地震引起的大火烧得脖子和胳膊上都是伤。他的姥爷姥姥担当起了养育这个外甥的责任。还好，尊礼顺利地考上了大学。刚刚入学的大学生们正值青春年华，

中文又是一个充满浪漫色彩的专业，在教学楼里时时能听到歌声、笑声、朗读声。周末舞会、各种体育活动，为孩子们的生活增添了色彩。但尊礼很少参加。学校聘请专家、作家、诗人来讲座的时候，他倒是早早地就坐在那里，认真地听，仔细地记。他的十个借书卡都用完了，卡换得也最勤。尊礼喜欢明清文学，看《金瓶梅》需要教授签字，他都借来了，同学中有几个朝他借，他让他们自己借，弄得同学没话说。就是同宿舍的，也很少能跟他聊上几句。他每天就是三点一线——教室、阅览室、宿舍。

大学的考试比较松，但每次考试他必须是班级第一。有一次形式逻辑考试，他考了个第三，结果连续三天追问那两个超过他的同学是怎么回事。人家觉得他有神经病，说考试就那么重要吗，就不给他说，气得尊礼直哭。同学们都叫他考试机器。

到了大三的时候，大家跟尊礼比较熟了，有的同学就常常拿他开涮。尊礼常常在晚饭时多买一个馒头，晚自习结束回宿舍后靠这个馒头充饥。其实平时有菜的时候他都是吃窝头。同宿舍的几个家伙会把他的馒头给分吃了，气得尊礼没办法，只好把馒头扔到晚饭剩的菜汤里。他们就买了简易小电炉，连汤带馒头给他全收装。他只好到门口买点花生或苹果锁在他的小木箱里，晚自习后回来充饥。但这几个坏孩子把箱子的合页卸开，把里边的东西一扫而光，然后再把螺丝上好。尊礼没办法，只好晚上把馒头带到自习室，回来后倒点热水泡着吃。

一计不行，又生一计。尊礼有个习惯，晚自习要学到教室里一个人也没有后，他才回宿舍。他们几个轮流睡觉，然后一个一个跟尊礼去熬，尊礼不知是诡计，有一次竟熬到了夜里两点，连续几天才发现他们是故意使坏。

随着年龄的增长以及毕业的临近，同学们大都已出双入对，但尊礼一如既往，还是独来独往。同学们劝他去参加周末舞会，他确实下了决心，在宿舍练了几天，但在舞厅坐了好长时间，也没人跟他跳，他感到很无趣。同学给他拉来几个女生，但人家不是说跳不好，就是说累了，让尊礼感到很尴尬。机会终于来了，班上一个女同学也喜欢明清文学，有一次到宿舍找尊礼借书。尊礼本不想借，但最后还是借给她了。这几个家伙看在眼里，喜上心头，动员尊礼："人家这是看上你了，不好意思说，借你的书只是个幌子，你还不主动出击。"尊礼想了想，觉得也有这种可能，他俩都喜欢明清文学，将来也有共同语言，如果都能考上研究生那就更好了。他越想越觉得是这个理。当天晚上，几个同学买了几个好菜，有的还拿上自己从家里带来的家乡酒，让尊礼去找那位女同学说说，回来后好一块儿庆祝。大家知道，百分之百没戏。果不其然，一会儿尊礼从外面回来了，一脸的怒气，一进门，趴到床上就哭。劝他起来喝一杯，他哭得更凶。

宿舍一个老大哥，看这几个家伙闹得有点过了，第二天正好是星期天，他家离省城不远，于是带着尊礼去老家散心。尊礼可能是心情不好，在同学家喝得有点多，回来的时候，他在自行车后边没坐稳，由于路是一条大河沟的堤堰，他从车后边滚到了河沟里。羽绒服沾了水后更是把他冻得够呛。他回来后得了重感冒，发烧数天。几个同学找那个女同学来劝劝，那个女同学把他们臭骂了一顿。

但尊礼不愧是我们年级的学霸，他成了全班唯一考上南开大学硕士研究生的人。

主任的烦恼

纠风办刘主任接到市行评办的紧急通知，今年的行风评议除了经常性工作考核和后边要进行的 500 人问卷测评外，新增了一个项目，就是县级及以上领导要给各参评部门打分，分值占经常性考核的百分之五，而且要求三天打完并盖上章，直接密封，交到上级部门。

刘主任不敢怠慢，让办公室马上通知。可一想，今天通知的都是县级领导，必须通知到办公室主任，人家好安排，还是自己亲自通知为好，于是拿出电话号码本开始下通知。

他先通知县政协办公室主任，主任一听事情比较急，就马上派人到纠风办拿票样。刘主任又给县人大的办公室主任打电话，主任听完后，说："你给我办公室的小王说一声，叫他去拿，就说是我说的。"说完，把电话挂了。

刘主任心里老大不高兴，心想他们自己办公室的同志，他说一声不就行了。然而又一想，可能是人家正忙着呢，于是就又给人大办公室打电话，终于通知到小王。

接着通知县政府办公室。政府办曹主任正在外面陪领导检查工作，说："知道了，你把通知送给秘书科吧。"刘主任心想，县纠风办离县政府院有三里多路。他心里老大不高兴，但没办法，于是立即通知办公室的小郭，千叮咛万嘱咐，把票如何画等具体要求，一五一十地讲了一遍，让小郭马上送去。一看时间，刚刚过去半个小时。就剩县委了，他拿起电话准备给县委办主任打，可一想，人家是县级领导，这事人家不可能管，于是就给县委办常务副主任张主任打，可办公室电话没人接。他心想，稍等一会儿再打吧，不到万不得已，不好给人家打手机。又等了十分钟，打电话还是没人接，时间不等人，他只能给人家打手机，可打了半天，人家就是不接。刘主任想，人家平常不跟纪委打交道，可能看电话号码是生号，人家不接。于是他又给别的副主任打，可其他副主任都说这个事他们不敢管，让他找张主任。没办法，还得给张主任打电话，但仍然不接。刘主任给张主任发了短信，说明原委。一会儿县委办秘书科打过电话来了，要求给他们送过去。刘主任又急忙安排办公室小田去送，仍然是千叮咛万嘱咐，生怕出错。最后剩纪委领导班子了，这个简单，当天下午发完票当天就收回来了，办公室主任盖了章后交过来的。刘主任长出了一口气。

第二天上午政协领导画的票就交过来了，下午人大的票也交上来了。第三天上午县政府的交上来了，只剩县委的还没有交上来。下午就得报上去，刘主任赶紧打电话催。但县委办秘书科的同志说，这几天领导一直很忙，还没给领导说。刘主任问现在可不可以给领导说说，办公室的同志说领导正在开常委会，没人敢去给领导说这事。刘主任一听只好放下电话。可是他一想，今天说什么也得把这事干了，不然无法向上级交代。他立即骑上自行车，向县委大院奔去。到了县委办，找主任，秘书科的人把他拦

下来不让进，他好话说了一大车，就是没人敢给领导说。急得刘主任没办法，最后，下了最大的决心，给县委书记直接打电话。他的声音有点颤抖："李书记，您好，我是县纪委纠风办的小刘，不好意思打扰您了……"心里直扑腾，嗓子也直发干，心想要挨吵了，但没办法。正在他胡思乱想之际，那边说："你好，请问有什么事?"刘主任一口气把事情向李书记进行了汇报。"你好小刘，现在我们正在开会，大家正好都在，你说的事马上就办。一会儿我让办公室的同志跟你联系，请你稍等。""谢谢，李书记，麻烦您了。""不客气。"一会儿，办公室的一位同志领他进了会议室。他把要求给常委们进行了汇报，大家都认真地画完了自己的票。刘主任收起票来，然后到办公室加盖了公章，一看表，刚刚三点半，他马上派人把票给上级单位送去了。

花儿白

　　花儿白是建新家的老母猪。因为该猪全身白底蓝花、短嘴、短尾、肥壮、可爱，所以全家人都亲切地称它花儿白。

　　建新家兄妹六个，他排行老六。那年月家里生活都非常困难，建新初中毕业那年，父母坚决反对他再上高中，可他成绩挺好，分数够上重点高中一中的。由于他家在市郊，离一中远，住校还需要掏伙食费、住宿费，所以就报了离家稍近点的六中。

　　六中不是重点学校，他父母认为上也是白上，家里缺劳动力，挣工分还能给家里解决点困难。建新却说，学费别管，他自己想办法。于是，建新一方面从同学那赊了一对小兔，等下了小兔崽再还人家；另一方面下学后每天都去割草喂小兔，将剩下的晒干，积少成多后，卖给附近的奶牛厂。一窝窝小兔长成后，兔子肉家里可以吃，皮还能换成布票卖成钱，天长日久，父母也就无话可说。高考时，建新的成绩超了本科录取分数线48分，完全够上全国重点大学的。可家里又发起愁来，四年没有几百块钱是不行的。于是父母开了一个家庭会，建新的两个哥哥、三个姐姐全到。大

姐给了一床铺盖，二姐把刚给姐夫织的一件毛衣从姐夫身上脱下，三姐把一块刚买的南京牌手表摘下，二哥说上学的车票他买，大哥把自己身上仅有的2块钱给老弟拿了出来。钱，还是没有着落。建新说："我上师范大学吧，听说学校管饭，还不用掏住宿费。"父母说："那上学出门在外的，多少也得花钱哪!"建新还是那话："别管了。"

村东头有个外号叫周拔毛的，工于心计，凡是有走街串巷做小买卖的，他总是不离左右，只要有村民前来买东西，他就不时插言管事，到最后偷拿人家的东西。他借了谁家的东西，往往不还，不找他要个十次八次的别想拿回来。反正他沾光没够，所以大家都叫他拔毛。

他家有头猪叫老海膛，原来是张老蔫的，因为偷吃了拔毛家自留地的菜，他便硬把这头猪赶到了他家，人家赔他多少钱都不行，因为那头老海膛已经怀有几个月的身孕。就这样，这头猪就成了他家的了。

可说来也巧，在周拔毛家生的第一窝猪崽，拔毛辛辛苦苦看了一天一夜，第二天一个也不见了。猪圈里一片血，一了解，是老母猪把小猪崽吃了。这把拔毛气了个半死，于是他心生一计，赶快把这个不作为的老海膛处理掉。他联系了好几户人家，大家都不想跟他打交道，没人买。正好此事让建新听说了，他就用自己卖青草挣的45块钱买下了老海膛，还给它起了一个新的名字——花儿白。为此，父母又跟建新吵了一架。

为了减轻家里负担，建新就拼命地挖菜，除够猪吃的，还把多余的菜用大锅煮了，晒干后以备今后用。建新还跟村里的养猪专业户抗梁哥商量，一起到酒厂拉喂猪用的食浆，先存到抗梁哥那儿，等自己上学走后，再让父母来拉。一切安排就绪了，学校的录取通知书也到了。临行前，建新把花儿白洗得干干净净，一遍遍地给它梳理着毛发，口中念念有词：

"花儿白呀，花儿白，你要争口气，我可全指望你了！"

花儿白不负重望，每年生两窝猪崽，正好寒假一窝，暑假一窝，每窝都在十头以上，最多的一次生了十六头。每当建新放假回来时，它总能用一窝漂亮的猪崽迎接他归来。上学走的时候，建新母亲把卖小猪崽的钱交给建新，确保他衣食无忧。寒来暑往，建新靠花儿白顺利地读完了大学。

建新被分配到师专中文系的时候，花儿白却得急病死了。周拔毛听说后，早早就来了，张罗着要杀猪，想分点肉解馋。建新不让，说："花儿白是我们家的功臣，也是我的恩人，我决不会杀它吃肉，我要厚葬它。"

不久，村南柳树林边起了一个很大的坟头，旁边有一个木牌，上面整整齐齐地写着：花儿白之墓，建新恭立。

俺大娘

　　俺大娘是我们家的邻居，与我家一不沾亲二不带故。因为按街坊辈分应该这么称呼，而且人家对我家又特别好，所以，在我心中她特别亲。

　　俺大娘命很苦，8岁的时候父亲就过世了，与母亲相依为命，16岁就嫁到我们村。听母亲说，大娘年轻的时候，不仅正直、干练，人长得也是十里八村有名的漂亮。嫁给我们村的春保大爷后，人们都说她给这个家带来了福气。春保大爷家穷，人老实憨厚，不善言谈，遇人就嘿嘿一笑。自从俺大娘进了这个家门，把这个家里里外外收拾得干干净净，春保大爷也因为大娘能做一手好针线活而穿得体面。特别是她一口气生了三个后生，大的叫建生，二的叫合生，三的叫龙生，长得也个顶个讨人喜欢，大爷看在眼里，喜在心上。虽然家里穷，日子过得是吃了上顿没有下顿，但孩子们穿的补丁衣服都干净整洁，走到人前不掉价。大娘说："有人就有一切。"因为大娘家就大娘姊妹一个，所以她从小受邻居的气。但巾帼不让须眉，她说打就打，说撅就撅，生来一副天不怕地不怕的脾气。大娘经常说："人家敬咱一寸，咱就敬人一尺；人家敬咱一尺，咱就敬人一丈。这叫礼尚往来。"大娘是个热心肠，邻居谁家有啥事她都一马当先冲到前面。特别是我家，由于父母就我一个丫头，经常受别人的气。有一次，臭三家的狼狗咬了我，我父亲带我找到他家，他不仅不理，还骂了我父亲。大娘听说后找到他家，骂了他个狗血喷头，逼着他给我父亲道歉。那时，在我幼小的心灵中，大娘是那样的高大威猛。自那以后，村里原来的几个不说理的老娘儿们，也不敢再欺负我家。我当时暗下决心，等我长大成人，一定像俺大娘一样，做一个行侠仗义、顶天立地的人。

天有不测风云。1963 年 8 月份闹水灾，那是一个数年不遇的大水灾，雨连续下了七天七夜。大爷利用不能出工劳动的时间割了一垛草，卖了 80 元钱，结果到分口粮时，生产队说他不出工搞投机倒把，硬给扣留了 120 斤口粮。接着他刚借钱买的一头毛驴，被生产队借去碾场，因劳累过度回家后生病死亡，大爷找到生产队却没有得到任何赔偿。大娘生小三的时候落下病根，一遇阴天就病得厉害，身体极度虚弱，病倒在家。大爷一气之下也患了重病，压抑过度，整日精神恍惚。那年冬天，天特别冷，看着三个吃不饱的孩子乞求的目光，大爷再也不能不管不顾了。天黑得已伸手不见五指的时候，他背起筐，拿了铁锨悄悄地出了门。大娘问他，他说一会儿就回来。他来到滏阳河边，河对岸就是邻村的红萝卜地，他想刨几个给孩子吃。河水冻得还不太实，他用铁锨捣着冰，尽量拣结实的地方走。好不容易来到地边，他蹲下身刚拔了六七个，突然一道手电筒光照了过来。"谁?"是看地的老头儿发现了他。那时被生产队逮住后要挂上大牌子游街的。大爷什么也顾不上了，不管冰实冰薄，拿起铁锨和筐起身就往回跑，一不小心，漏进了冰窟窿里。家里人一等两等不见人回来。大娘带着孩子沿河边寻过来，一看河中间有一个筐和一把躺倒的铁锨，只是不见人，知

55

道不好，立刻不顾一切跑了过去。只见冰面上还有刚刚形成的冰窟窿，大娘一下子晕了过去。

天明后，邻居们帮着过来找，可想尽了办法也没能找到尸首。就这样，几个孩子成了没爹的儿，大娘33岁就守了寡。有人劝她再找户人家，可她坚决不肯，决定独立撑起这个家，把孩子抚养成人。就这样，她带着三个孩子，除了到生产队出工之外，割草、喂猪、养鸡、养羊、养兔子，日子过得不比谁差。

我们村有一个有名的集市，大娘偷偷地拿鸡蛋、兔皮到集市上换成布票和粮食，家里既有肉吃还有零钱花。几个孩子虽然都早早地不上学了，没什么文化，但人人练就了经商挣钱的本领，大娘也任凭孩子自由成长。

改革开放初期，信用社挨门挨户动员大家贷款，且几年不要利息。当时村里除了大娘没人敢贷。大娘贷了一万元钱，把全村的老少爷儿们都给震了。用贷款，大哥买了小拖拉机，二哥开了电气焊门市部，三哥开了一个回收公司。不久，三哥又开了机电门市部。在这么短的时间内，大娘家成了俺村第一个出了两个万元户的家庭。

我那时经常在大娘家玩，大娘经常有好吃的给我吃，罐头、饮料、炒花生、点心，大娘经常给我。不仅是我，孩子们都在大娘家的院子里跳皮筋、扇烟牌、弹杏核，大家总有意想不到的收获。虽然自己没文化，但大娘非常喜欢学习好的孩子。那时，我学习成绩好，人也乖，大娘给我买了一套《数理化自学丛书》，36块钱呢！靠这套书，我弥补了自己数理化的不足，全市统考的时候，以优异的成绩进了重点中学，最终考上了重点大学。上大学走的时候，大娘还给我买了一个红色的皮箱，在那时可是奢侈品，同学们很少有。

大学毕业的那一年，我被分配到了政府机关。大哥的公司由最初组织小拖拉机搞运输，已发展成拥有多部大挂车、挖土机、破碎机的企业。二哥从开始经营电气焊门市部和水泥预制构件厂到成立工业供销公司和金属材料公司。三哥从开始开办回收公司、机电门市部到成立房地产开发公司，所创建的房地产开发公司连续多年荣获"明星民营企业""省市消费者信得过单位"称号，他本人多次获得"市十大杰出青年""市十大杰出青年企业家""市十大光彩之星"等荣誉称号。

　　俺大娘苦尽甘来，过上了幸福的生活。但大娘还是那脾气，村民中有盖房的，她让人家到儿子的企业拉钢筋、水泥；有买房子的，她打电话让儿子照顾。只要老太太打过来电话，儿子都坚决照办。我父亲患病过世的时候，三哥当时就表示要照顾我家卖给我们一套楼房，大娘叮嘱三哥，要给一套大的，不能挣钱，并且和她在一起。就这样，我们家搬到了一套一百多平方米的楼房里。装修的时候，请三哥三嫂还多次照应、跑前跑后。

　　如今大娘一家，其乐融融。大娘平日组织一帮老太太跳跳老年健身操，衣服、音响全是她出的。每年她过生日的时候，请邻居亲朋都到她家里，也不准别人买东西，就是胡吃海塞一番。有几个爱喝的，大娘要他们必须醉倒两三个，这才算了。老太太如今已经八十多岁，精神矍铄，心直口快，善待邻里，慈爱晚辈，儿孙满堂，尽享天伦之乐。

失　算

　　这几天，县纪委正科级纪检员老张异常活跃，进东屋，出西门，就是不进自己的门。大家也感到意外，因为平常他很少来，请假也最多，不是头痛就是腰疼，病假、事假经常请，办公室长期关门。但这几天，大家看到他来得早，走得晚，而且好几次看到他在书记屋谈事，非常神秘。

　　消息灵通的人终于探出了实情，原来县委最近要动干部，而纪委这次有人要动，而且有个位置对老张非常有吸引力。纪委常委、办公室主任这次要到乡镇去任职，那个空出来的位置被老张盯上了。

　　大家叫他老张，实际他年龄不大，才三十多岁。别看他不怎么来上班，但对机关的事可以说是门儿清。谁要到哪儿任职了，谁是如何被提拔的，没有他不知道的。在纪委他更是游刃有余，什么时候要动干部，谁要被提拔，他总是提前就知道了，而且说得八九不离十，但大部分人都不知道他的背景。他从外地先到乡办不到半年，就被提拔为副科级干部。半年之后，他被调到另一个乡镇任纪委书记。不久，县纪委要成立纪工委，增加人员和科级干部编制，老张又被调到纪委而且还被提拔成正科。真可谓少年得志，一路顺风。

老张这几天把纪委所有的正科级干部排了排队，认为自己的实力还比较强，更加坚定了信心。他与县委书记进行了沟通。县委书记说："重点是看纪委的意见。"于是他往纪委书记那里去了几趟。纪委书记说："这不是你打听的事，现在你要做的就是干好自己的工作，只要干好工作，领导会考虑的。"老张也感到自己平时工作上做得不好，不但没有什么亮点，而且纪律也有点松散。所以，这几天他经常早来晚归，打水、拖地、擦桌子，把满是尘土的办公室收拾得干干净净。他还到处串科室，联络感情，因为他知道县常委会这几天就要开了。

纪委书记果然找办公室主任谈话，让他做好到乡办任职的打算。办公室主任感到突然，虽说自己在这个位置时间不短了，但到乡镇当领导他还是没有思想准备。但他也知道，不到乡镇当一把手，经历基层的锤炼，要想进步按照惯例几乎是不可能的，领导是出于对自己的关心，才推荐自己的。纪委书记说："官没有永远的官，说不定哪天我也要离开纪委。咱们都是共产党员，哪里需要就到哪里去。"办公室主任非常感谢领导的信任。最后，纪委书记让他谈谈，谁比较合适当办公室主任。主任说："办公室主任需要有强烈的责任心，领导交办的事要保质保量按时完成，还要细心、耐心，善于谋划思考。年龄不能太大，要适应加班加点，能打硬仗，文字水平必须高。就纪委眼下的人来说，我认为宣教室主任小胡适合干，但他资历比较浅，又是副科级干部。我负责宣教室，对他了解，其他的人我也不敢妄加评议。"纪委书记点点头说："你先忙去吧！"

纪委书记觉得小胡的确不错，自他担任宣教室主任以来，纪委信息工作搞得红红火火，在市专刊、党报党刊发表了一系列信息和专评，全

县的纪检工作宣传力度上了一个新台阶。小胡建起的纪委网站和手机平台，转载了一批好文章、好信息，而且他为人也厚道，在纪委内部威信高。他应该算一个后备人选。为了让大家做到心服口服，书记决定在纪委内部举行一次公开选拔考试，出几个题目，让大家当场测试，看看谁的水平高。

很快，老张听到了风声，听说小胡有提拔的可能，他怎么也不能理解。小胡家在农村，刚上班的时候工资属于自收自支。后来，县里搞公开竞争，选拔了一批科级干部，小胡才考上了公务员。而且他从乡镇调到纪委时间也不太长，以前在县城连个房子也没有，一直租房子住，光因为房费上涨就搬了四次家，最近刚刚用公积金贷了款才买了一套80多平方米的房子。小胡不仅没有活动的实力，也没有活动的门路。老张不放心，又到办公室，跟小胡开玩笑说："这次县里动干部，该轮到你了，到投票的时候，哥给你投。"小胡说："哥，你开什么玩笑，就这我已经很满足了，还敢有别的奢望？我就能写个材料，别的也不会。再说我只是个副科，离你说的位置还差得远呢！"老张看他绝不是谦虚，说的全是实在话，就放心地走了。

第二天下午，是纪委的学习时间，书记参加学习。学习完之后，书记让办公室工作人员给每人发了几张白纸，出了两个题目："如何当好办公室主任？""办公室主任应具备哪些素质？"让大家可以任选一题现场作答，字数不少于2500字，两个小时之后交上。一大部分人都傻了眼，特别是老张，两个小时只写了一百多个字。但有几个人不仅答得头头是道，而且卷面整齐，字也写得漂亮。等卷收了之后，书记又让人把大家的卷子放到桌上，让大家互相学习。老张看得直吐舌头，看到了自己的差距。

然后，纪委常委留下，研究推荐人选。大家一致认为宣教室主任写得最好。

晚上，县委常委会召开。老张在第一时间就知道了新纪委常委、办公室主任人选。他连忙拨通了小胡的电话，把这个消息告诉了他，对他表示祝贺。

犬为媒

志先在家闷了四年。自媳妇病逝之后，他就一直没缓过来。他自己带着孩子，好在女儿现在已经上了大学，不再用他操心了。他一个人没什么意思，除了上班，自己做饭，自己吃，吃了睡，睡了吃，整日百无聊赖。有人给他介绍对象，可他不想再找。尽管他对妻子和女儿已尽了自己最大的努力，但他仍感觉对她们俩亏欠得太多。

他弟弟给了他一条名叫豆丁的泰迪小狗，让他散心，也让他通过遛狗锻炼锻炼身体，怕他嫌麻烦，还给他送来了狗食，定期还来给小狗洗澡。弟妹还给狗做了一身套装，买了脖圈和牵狗绳子。尽管如此，志先还是不情愿。

狗在家待得久了，叫个不停，叫得人心慌。没办法，志先就牵着狗出来了。

开春了，天亮得早，空气也格外清新，路上许多人都开始跑步了，志先则被狗牵着走。他家离沁河公园近，沿着沁河两岸走，内心也感到了从未有过的愉悦。

旁边快步走过去一位女士，两只手一前一后地甩着，腰还不停扭动，后边跟着一只小狗，也是小泰迪。小狗跑到志先领着的豆丁旁，一边来回闻，一边围着豆丁转圈。豆丁刚开始叫了几声，后来两只小狗就不停地撒欢儿。前边的那位女士扭回头看小狗没跟上来，就喊"柴瑞，走了"。小狗听到喊声，便不情愿地走了，而豆丁则叫了起来，使劲拼命地追。志先没办法，也随着狗机械地往前跑。

前边是一块较大的开阔地，那位女士在那儿压腿，腿搭在高高的铁栏杆上，整个身子都压在了腿上。然后她又踢脚，直接踢到面门上。她一看就练了很久，身体修长，腰也很细。志先的狗追到跟前，两只狗亲热地扭在了一起。志先把狗拴在一旁的小树上，也开始活动胳膊和腿。他练哪儿哪儿疼，动作笨得自己都不好意思，于是停下看人家。

那位女士练了有半个小时，回过头来跟志先笑了笑，然后叫上她的小狗一起走了。那一笑，让志先心里一颤，他本来想跟人家打个招呼，可没敢多说，只好远远地看着人家离开。他的狗也失望地看着人家的狗。

第二天，志先又按照头一天的路线，早早地等在那里。不一会儿，那位女士迈着轻盈的脚步过来了。志先把脸扭到一旁，假装锻炼，任凭两只狗在那儿嬉闹。志先一直偷偷看着那位女士，她的一举一动是那样的优美自然，身上穿的一身运动装搭上那粉红色的运动鞋，是那样得体。志先想和人家搭话，但不知说什么好。

三天、四天……每天他都带着希望来，然后留着遗憾归。

他感到，他已对那位女士动心了。他不知人家是不是单身。应该是，志先想，她为什么总是一个人晨练，从没见过她跟男人打招呼。他越想越感觉此事有门儿，他已经不能阻止自己想象。

有一天，在女士临走之前，他说："你的小狗真好，我们家的狗从来没这样欢乐过，每天必须跟你的狗见一面，不见就在家里闹。"说完，志

先感觉不是说狗而是说自己。女士只是微微一笑，没说什么，叫上小狗就走了。看着她远去的身影，志先一脸无奈。

"五一"前，志先有好几天没见到那位女士，他以为过节，人家一定是出去旅游了，并没有在意。但有一天遛狗的换成了一位男士，两只小狗仍似以前一样亲热，男士则与他攀谈起来。男士说他姓李，那位女士是市医院的大夫，是他妹妹，前两天出了车祸，虽然无大碍，但狗没人遛了。"她告诉我，小狗最喜欢你们家的狗，并说在这儿能碰到你，果然两只狗玩得好。"志先从他那里还得知，他妹妹离婚了，有一个儿子，今年刚考上大学走了。"一个人，这不，在我这儿跟爹妈一块儿住。"志先一听她也是单身，孩子也刚考上大学，应该年龄也合适，急忙说："老兄，这几天狗就让我带着吧，这样我的狗也不闷得慌了，它俩在一起，你也省点心。"李先生说："那太好了，我以前没遛过这玩意儿，还挺不好带。"志先急忙说自己在电厂人事处当处长，住在光明路，离此地不远，还留下了电话号码和家庭住址。李先生表示非常感谢。

十多天，志先在家尽心尽力地照顾那只小狗，不敢让它受一点儿委屈，每天都让它吃得舒舒服服，晚上再给它洗个热水澡，而且在阳台上又盖了一个更大的狗舍，让两只小狗居住。

十天后，李女士打过电话来了，说腿伤好多了，要把狗领回去。志先赶快梳洗穿戴好，开上车去见李女士。李女士见了他问："怎么没把小狗带过来？"志先说："我想让您去看看它的新居。"

李女士也没反对，跟着志先到了他家。两只小狗一块儿摇着尾巴跑到各自主人的跟前。看到志先如此精心饲养，李女士很感动，她已听哥哥介绍了志先的情况，决心跟他进一步发展关系。

傻妹妹

一

建刚从区里分到城管局当办公室主任，报到没两天就遇到了麻烦事。早晨一到办公室，看到司机小高正在和一个男的吵架。男的一副无赖样，在沙发上侧身躺着，两只脚丫子光着斜放在桌子上，嘴里叼着烟，说话一溜脏字。小高在一旁站着哭。

建刚看着男的那个样，气不打一处来，因为不认识又不好发作，就坐到自己的座位上，一边看报纸，一边注意听他俩吵啥。

"你不管孩子，整天一个人在外边鬼混，有你这样的娘儿们不?"

"离婚的时候，我什么都没要，就想要孩子，你娘还不给，这会儿，你又想起来让我管孩子。法院判的时候你是监护人，现在孩子该上学了，你让我掏钱，你跟我说得着吗? 我拿500块钱就不错了，要不是看孩子的面子，我一分也不掏!"

"你再说一遍? 今天你不掏钱就别想走。改天我把孩子给你领过来，

你不管试试?"

建刚一听,大概知道了事情的原委,那男的是小高的前夫。建刚站起来说:"老弟,这里是办公室,是上班的地方,你在这里骂骂咧咧不好。另外,请你把两脚放下,这儿不是你的家。"

"你是谁?"

"我是新来的办公室主任,我姓李。"

"好,我正要找你呢!你们单位的职工不管孩子,不养老人,整天跟男人鬼混,你管不管?"

"刚才我已经听明白了,你们是不是已经离婚了?小高该干什么,不该干什么,我觉得与你没多大的关系吧!至于你们家里的事,有话好好说,回头再商量。小高现在要出车,一会儿领导要出去。"

"不行,我跟我老婆说家务事呢,你算老几?"

他又扭头对小高说:"不能走!你要敢走我跟你没完!"他指着小高要起了无赖。

"你别在我这儿犯浑!小高,你马上出车走,别影响工作。"建刚一听着急了。

小高扭头走了,去发动车。他前夫追了出去,拦着车不让走。

张副局长已经坐在车里,着急得不行,可也不好说什么,开开车门说:"不行我坐别的车吧!"

建刚一看更急了,上去拉住那男人的胳膊,使劲把他拉到了一边,说:"小高,跟领导走!"

小高开车拉着张副局长走了。

建刚扭头对那男说:"你再在我们单位犯浑试试,我这一关你就过不了。"

小高的前夫一看，这主任不好惹，也不敢吭声了，骑上自行车走了。

机关一伙看热闹的，这会儿围着建刚说："小高的事不好管。她自己不争气，孩子刚三个月时她就被婆婆撵出来了。她婆婆还啥都不给她，让她净身出户。她男人三天两头来咱单位找事，骂骂咧咧不像话。李主任，再往后你也别管了，到时候你再沾一身臊。"

建刚没吭声，回办公室了。

二

下午一点半上班，中午办公室的几个人都走了。建刚家离单位远，他准备到门口随便买点东西吃。

门岗老太太在门口看见他了，让在她那儿吃。老太太做的熬菜，五花肉大白菜的香味，让建刚走不动了。老太太给他盛了一碗，又给他拿了一个热腾腾的大白馒头，建刚吃了起来。

"小高这孩子命真苦，小的时候亲娘就不在了，从小跟着她爹。她爹是咱车队的司机，小高成天在车上爬来滚去，整个一个男孩子性格，十四岁就学会了开车，十七岁就接了她爹的班。后来，她爹又给她找了个后妈，后妈对她不好，她只能自己照顾自己，在单位住单身宿舍。这个孩子心灵手巧，长得漂亮，经人介绍跟园林处的这个男的认识后，没几天就结婚了。这个男的是个醋坛子，整天怀疑小高跟这个、跟那个，到单位闹是常有的事，还爱动手。小高一气之下就和他离了婚。"老太太说着说着眼里边流出了泪。

"离婚之后，她为啥不再找一户人家？"建刚问。

"唉！单位这些爱嚼舌头的人，说人家孩子这了那了，风言风语挺多。有些坏男孩，爱找她聊、跟她闹，有的还添油加醋地说跟她有一腿。再加上她男的经常找事，天长日久，就把这孩子给坑了。这个单位原来都是扫马路的，人员素质不高。好好的孩子，在这个环境中就这样活着。这孩子真不是作风不正派的人。我在这儿看了十八年门了，她是我看着长大的，谁是啥人我还不清楚？有些人就是见不了别人好，谁要是倒了霉，他们就看笑话。真是没法子。"

老太太是个热心肠，跟单位的人也没有什么利益关系，说的应该是真的。

临走时，老太太用乞求的口吻说了句："李主任，你帮帮这孩子！"

建刚从没想到，原来这单位有这么多事。

三

办公室一共七个人，除建刚外还有一个资料员，两个打字员，一个保卫干事，一个通讯员，一个副主任。几个司机，常常不到办公室去，就是派车、领补助和油票的时候到建刚办公室去一趟，平时与建刚交往不多。小高自从建刚给她解了围之后，始终认为李主任是个好大哥，她好久没有感受过这样的温暖了。她想请建刚吃顿饭，又觉得不妥；想给建刚买点东西，但不知买什么好。去办公室，她也没说过什么感谢的话，但心里近。有一次，她找建刚，说她不想给张副局长开车了，问她原因，她不说。

她说："没一个好东西。不行，我到队里开车吧！"

建刚说："你得让我有一个合适的理由，要不平白无故就不给领导开车了，我怎么说？"

小高只说了句："反正我不干了，你就这样说就行。"说完扭头就走了，第二天就请了病假。

办公室的保卫干事是一名转业干部，性子直，说出了原因。

没法子，建刚给一把手汇报了，话里话外带出小高不给领导开车的原因。局长也听到过，就把小高调到了管理科开车。

当建刚通知小高时，她高兴得哭了。

小高到管理科后，见面不多了，渐渐地建刚对她也有些淡忘了。一开始，局里对他俩也有些风言风语，后来看两个人确实没什么事，那些爱扯闲篇的人也没什么话把儿抓了。直到有一天，又发生了一件事。

那天，小高开车跟管理科一起检查，不想又碰上她前夫了，两个人三两句话就吵了起来，最后发展成了动手，她前夫拿砖把小高的头开了个口子。电话打到了办公室，建刚给局长汇报完之后，局长让他去处理。建刚打了"110"，最后把小高前夫拘了几天，还让他包赔了小高损失。小高不要钱，建刚把钱要了过来，给了她。

从那起，局里又开始传建刚与小高的绯闻，并且建刚的爱人也听说了。建刚对他媳妇说："只要你相信我，他们怎么说也是白说。"但这些人不依不饶，告状信满天飞。这些人笃信"一个信皮八毛钱，够你小子忙半年"。领导找建刚谈话，让他注意影响，但建刚坚决顶了回去。局长说："我只是提醒你一下，有则改之，无则加勉，没事。"

2003年，非典开始了，建刚被抽到了区纪委帮忙，一去就再没回来。

有一次，建刚在路上正好碰到了小高。小高说这次市局来区局抽人，她到了市局机扫队，她们局一块儿被招去了十五个人。建刚说："妹子，争口气!"小高说："哥，我知道。"

　　有一年年底，城管局的老孟找到建刚。老孟是和小高一起被招到市城管局的，现在给小高当兵。他说："小高想请你帮个忙。"建刚说："说吧，只要是我能办到的。"老孟说："我们队长这一次可以说是三喜临门，一是被市局评为优秀共产党员，二是被选为市人大代表，三是年底要结婚。"建刚感到吃惊，没想到这妹妹到了市局之后，当了队长，入了党，还成了市人大代表，这么有出息。

　　老孟接着把这几年的事给建刚一五一十地说了，并说小高想让建刚帮忙写材料。建刚说："没问题，这是我的强项。"老哥俩从办公室说到地摊，喝到两个人都有了醉意才分手。

　　建刚用了两天的时间，把稿子整理出来，交给了老孟。

　　建刚的微信上出现了小高发过来的一句话："哥，你傻妹妹永远感谢你！"

烧错香

　　星期四下午，是局里规定的学习时间，机关支部按照上级党组织要求，让每位党员都手抄《中国共产党章程》和《习近平：在庆祝中国共产党成立 95 周年大会上的讲话》，还给每人发了专门的笔记本，要求必须本人亲自手抄，不能替写，要准备学习汇报提纲。虽然内容不少，但时间充足，只要认真抄写，还是能在规定的时间内完成学习任务的。

　　办公室的田主任是机关支部的宣传委员，他知道新来的局长工作忙，怕他没时间抄写，便主动向领导请缨，由他来替领导抄写。局长说："不是要求本人抄写吗？让别人抄就起不到学习的作用了。"田主任觉得局长说归说，领导工作那么忙，替领导干点活也是应当的，只要抄完，谁也不会管是谁抄的，于是他就多领了一个本子，准备替领导完成这一任务。

　　局里的人每个人都有自己的一摊工作，手头的活忙完，才想起来学习的事。星期四下午，虽说是机关的学习日，可这一段时间由于有抄写任务，就没有组织学习，要求大家自学。这一任务一拖就到了快该上交学习笔记的时候了。

大家都开始加班加点地抄写，大部分同志都把笔记本带回家，利用业余时间抄。田主任也想赶快完成，因为他还有替领导抄的任务。因为白天工作忙，眼看就完不成任务了。于是，他想了办法，找了两个不是党员的年轻人替他抄。

他把小李和小张叫到他办公室，语重心长地说："你们两个年轻同志工作干得不错，下一批咱们机关发展党员，你们两个要争取成为发展对象。这次我向领导争取了一下，说虽然你们两个不是党员，但要求加入组织的心情还是很迫切的，主动要求抄写党章和习总书记的讲话。局长同意了，还表扬了你们俩。"

小李和小张一听，主任如此关心他们，非常感动，一人领了一个笔记本高高兴兴地走了。看到自己略施小计，就不用再费劲抄了，田主任心里很高兴。

到了该上交学习笔记的时候了，田主任急忙找小李和小张要笔记本。他们高高兴兴地把学习笔记本交给了田主任。田主任翻开一看，字写得很工整。回到办公室，他拿出笔，想在笔记本上写上局长和自己的名字，可翻开一看，前面的空白页上小李和小张都已写上了自己的名字，字写得还很大，不好改。于是，他又拿了两个新本，把前面的那一个空白页撕下来，贴到了小张和小李的本上。虽然一看就是新贴上去的，可田主任认为这个没人检查，就上交给机关支部书记了。

星期四下午，依照常规，学习完其他内容后，领导开始对抄写任务完成情况进行点评。局长说："抄写党章和习总书记的讲话不仅仅是一个重温党章和习总书记讲话的机会，也是在认真学习的基础上，通过手抄心记来深刻领会精神、把握实质、了解内涵的再学习、再深化的机会，所以要求每个党员都要亲自抄写。大部分同志都能按时认真地抄写完成，说明态度是端正的，学习是认真的，这是一个党员应有的最基本品质。我也在工作之余，专门抽出时间认真学习，工整抄写。"说着，局长把自己的学习笔记向与会同志进行了展示。田主任心里有着说不出的高兴，他以为领导对自己的工作给予了肯定。谁知局长话锋一转："但有的同志，不但让别人替自己抄写，还让别人替我抄写。明明我已经跟他说清楚了，这次活动都必须自己来完成，可他还是不听，要小聪明，让两个不是党员的同志替我抄、替他抄。人家会对我们这些领导干部怎么看？会对我们这些党员怎么看？"局长一边说着，一边看着田主任，然后接着说："是谁谁知道，在这里我就不点他的名字了。会后必须亲自补写到位，并深刻检讨自己的错误行为。"

田主任感到无地自容，拍马屁拍到了马腿上，拜佛烧错了香。

省钱能手

　　老庞是俺宿舍院儿的节约能手，凡是掏钱的事，别找他。

　　老庞原来住的是单位的公房，是他当时花了 3000 多块钱买下的，房子面积 67 平方米，已经近 30 年了，破烂不堪。前几年正赶上开发商要开发那一块儿地，盖一个大型超市，老庞好不高兴。他咨询了很多"能人"，做好了一切准备，要好好地讹开发商一顿，可后来他家没拆着，满腔的热情被兜头盖脸浇了一盆冰水。

　　老庞不甘心。"不行，不能算完！"他恶狠狠地说。

　　等超市盖好以后，老庞说影响他家采光，一直找开发商闹，两口子天天堵着开发商的门，弄得超市不能开业。没办法，开发商把自己新开发的楼房跟老庞的旧房进行了置换，老庞一下子住进了 100 平方米的新房，跟我们成了一个院儿的邻居。

　　我们院儿只有三幢楼，管理上也不太规范，这就给老庞留下了节约一切费用的空子。暖气，老庞不交费，管物业的几次上门催缴，老庞就是不交，说没钱。由于是集中供热，没有分户，最后，管物业的把老庞家的暖气片给拆了，把暖气管用堵头堵了。老庞心里有数，楼里有十二户，只要有十户交了钱，就可以送气。等到天气最冷的时候，老庞偷偷把暖气接上，只安卧室和客厅的，就这样一混就是五年。电，他找人改了又改，每个月比我们得少交一百多元电费。气，他把用煤气做饭的工具都换成了用电的，煤气表几乎不走。水，他把水管开到最小，把一个大塑料桶放到水管子下面，让水管子每天滴答、滴答地慢流水，水表几乎不走。老庞每天下班之后，水正好接满一大桶，淘米、洗菜就够用了，而且这些洗后的水还可以用来冲厕所。水、电、暖、气这四大生活必需品的费用几乎与老庞无关。

讹完公家讹个人。老庞老婆也是夫唱妻随，整天在院儿大门口晃荡。谁买个瓜果梨枣、买个鲜菜，她都要过去问一问："今天又买啥好吃的了？好吃不好吃？"你还不能让，你一让她就"上炕"，除尝个够，还要顺手拿一点儿，弄得别人没法子。邻居们都说："不是一家人，不进一家门。"但有一样，谁家有了红白喜事，他两口子就不出来聊天了，无论外边多大动静，他家都装作不知道。人家一般也不通知，不知道的就算了。但过后，他还得说人家看不起他，不给他说一声。别人看不下去了，逗他说："老庞，这是喜事，能补，要不我给你说说去？"老庞无言以对，扭头走了。

可最近，老庞好像一件倒霉事接着一件倒霉事。由于不交暖气费没法供暖，他家厨房和阳台上的地板砖都冻裂了，补还不好补，要弄得都掀起来重新铺。电表让供电局查表的给拆走了，还得补交 8500 元才能重新买表安上。水管由于长期不放开流，堵了，他给物业管理员打了几次电话人家都说没法修，得重新换管子。最可气的是，他孩子最近要结婚，给谁说谁

也找理由说抽不出空。没人给帮忙，弄得两口子好没面子，急得儿子跟他们翻脸，说："在这个院儿里咱家的为人都到了臭不可闻的地步了。咱家的事没人理、没人问，喜事办得像丧事。"老庞两口子自知理亏，你看我、我看你，什么也说不出来。

老路献血

　　机关干部献血活动，已经搞了好几年了。想献的，人家隔三岔五地到大街上的流动献血点去；不想献的，一听要献血，就千方百计请假不来，弄得城管局的书记没办法。

　　今年的献血活动马上就要开始了，上级已经下发了通知，城管局得去五十人。

　　机关大部分人都不想去。前几年都是领导带头，除局领导班子成员之外，就是各处的处长、主任。可年年这么搞也不是个事，献血的就活该献，不献的还说风凉话："都是领导参加，我想献还不够资格呢！"听起来就让人生气。

　　老路今年刚提了个市容管理处副处长，照往年的"规矩"，按说该轮着他献血了，可他说自己晕针，看见像给牛打针的管子一样粗的管子从自己胳膊上抽血，着实害怕。他本来想主动跟处长说今年让他去吧，可怎么也说不出口。他想，让领导说吧，实在没法子的时候再去。

　　报了三天的名，可报名的只有九个，大家还在等着，你看我、我看

你，工作进展不下去。

书记说："这样吧，一个处室出两个人，具体是谁，让处长、主任们自己定。"

局里这些人，有了好事人人争，但遇到脏活累活，就你推我、我推你，不是驴不走，就是磨不转，有一千个理由推托。眼看着别的处室都已经报上名，处长去取经：人家有的抽签，谁抽到算谁；有的几个人凑钱，给去献血的弄个补贴，好说歹说，总算凑够了人。可市容管理处大部分人年龄大，都是已经准备离岗的人，资格老，说话硬气，反正已经不想进步了。

处长没办法，把大家伙召集到一块儿，专说献血的事。他说："这次咱们处得有两名同志参加献血活动，大家说谁去？"

这个说，自己血压低，平时还得吃补血的药；那个说，自己这几天正病着，还正输着液呢。反正是没人去。处长一看不行，说："我算一个，另一个你们大家再考虑考虑。"大家不约而同地把目光移到了老路身上。老路已经感到大家都盯着自己，但他不甘心，心想凭什么就该他去，刚提个副处长就该献血？但他不能再攀比别人了。他想了想说："咱们也抽签吧，谁抽着谁去，那只能怨自己手臭。"好几个人表示反对，说已经说了自己不能去，就是抓着了，也不能去。老路又想出了一个办法："要不咱们几个投票吧，选上谁算谁。"大家一听这个办法行。

老路想，正处长不用参加投票，这几个投票的数他自己官大，怎么也不会轮到他自己。

准备票，每人一张纸。除处长之外，他们七个人参加了投票，结果老路以六票当选。

老路气个半死，心中暗暗骂了句"什么玩意儿"。没办法，只能他去了。

老路本来心眼儿就小，回到家，一夜没睡好。

第二天早晨，老婆早早把饭做好了，让他吃。他说："今天献血，早晨不让吃饭。"他老婆吃了一惊："你？献血？你哪儿来的勇气？"

"这是大家投票选的。"老路没好气地说。

"就这个，还投票？人家处长每年都参加，你们谁替过人家？今年，就是不说，你也应该带个头。还投票，我都替你脸红。"

连老婆都这样说他，老路"咣当"把门碰上走了。他感觉自己办了一件特别不光彩的事，早知道大家都投他，还不如自己主动应承下来。他越来越觉得自己做得有些过分。

到了血站，他主动排在最前边，量血压、测体重、听心脏，最后抽血。眼见大管子进入自己的胳膊，他一阵晕乎。坚持、坚持、再坚持，终于结束了。医务人员给他发了牛奶、面包、鸡蛋、火腿肠。他一边吃，一边看大家献血，感到身上无比轻松，脸上掩不住自豪的神情。

胖刚肉饼

胖刚姓啥叫啥大家都不知道，只知道他开了一家肉饼店。肉饼不难吃，店又正好在机关大院儿对过，旁边是一所重点中学，所以生意格外好。

他的店门脸不大，只有六七平方米，正好放下几袋面、几编织袋葱和一个冰柜。店里还有一个简易的躺椅，供他中午喝完啤酒后临时休息用。等他收摊的时候把拉着炉子的三轮车往店里一推，就算完事。

他很牛，早晨不干，虽然这是个出摊的大好时机。他只在中午和晚上出摊，而且一天只卖四百张饼，卖完就收摊。每天上午十点来钟，他媳妇先骑着电动车过来，把三轮车推出来，把牌子挂出来，然后打扫里边。收拾好以后，胖刚就过来了。他负责调馅、和面，馅料是按比例配的，面也讲究水面搭配，还要醒半个小时。万事俱备，就等着顾客来了。

肉饼有羊肉馅、牛肉馅的，分单馅、双馅，有的还放鸡蛋，价钱不一。牛肉馅的 5 块，羊肉馅的 6 块，放鸡蛋的加 1 块，双馅的加 3 块。

胖刚个儿大，手劲大，饼擀得也大，馅放得也足。媳妇长得瘦小，干活却非常利索，人白净漂亮，对顾客也热情。所以，他们的肉饼摊前经常围一堆人。

胖刚长得黑壮，眼睛经常瞪得像大玻璃球，说话嗓门高，对媳妇说话嘴里还夹枪带棒、不干不净，骂得媳妇不敢吭声，对顾客说话也是冷不丁的，挺噎人。

顾客来了，总是说要几张饼，媳妇马上答应，让人家稍等。可胖刚一听就急了："你傻呀！你还没问人家要的是牛肉馅的还是羊肉馅的，要不要鸡蛋，要单馅的还是双馅的，你就答应人家了？"媳妇说："现在还没轮上，等快该着人家不能再问了？"胖刚眼马上就瞪大了："不是你擀饼！你让老家伙怎么准备？到时候就来不及了！"媳妇马上就不吱声了。来的顾客一看，马上就说自己要什么馅的。

胖刚的饼还不能催。有几个年轻人在旁边的饭店吃饭，主食是肉饼，一会儿来问一趟饼好了吗，胖刚媳妇说马上好。可胖刚随后接上一句："等不及可以吃别的，没看这儿那么多人等着吗？"弄得几个小伙子想跟他急。

有一次一个老大爷看不下去了："你卖个肉饼至于发脾气吗？人家都知道顾客是上帝，你也不至于把我们当犯人吧。"胖刚说："我这儿没有上帝，不想吃请便，我也没有请你们！"弄得老爷子气得扭头就走了。

更可气的是有一次，眼看着他的摊就要收了，一个女学生晚上上晚自习，出来给同学捎几张饼，可胖刚剩着面就不让他媳妇再烙。他还有理由，说："一天四百张饼，干完了事，你去吃别的吧，我这儿不伺候了。"他媳妇想给人家烙，他马上就骂起来了："你想把老家伙累死呀！"眼看着就想动手，吓得小女孩转身走了。

中午忙完了，胖刚要喝两杯，喝完了就躺在椅子上呼呼大睡，他媳妇忙着里里外外收拾。有时喝醉了，他媳妇又免不了挨他一顿臭骂。

来胖刚这儿的顾客，大部分都是这一带街面上的回头客，天长日久，都对胖刚有意见："这小子是吃生铁长大的，真是个十足的生瓜蛋子，要不是看他媳妇，我早不去他那儿吃了。"

他不在的时候，有人路过他店门口，就说他媳妇："你男人怎么那个说话法，天天像吃了枪药，你也不说说他。来你这儿吃个饼还得受他的气?"胖刚媳妇说："他就那个熊脾气，给他爹说话也那样，我是不和他一般见识。说得狠了，他就跟你动手，有啥法子!"人家说："他是没碰着不讲理的，到时候他就不在这儿横了。""您就看我的面子，别给他计较。"说完胖刚媳妇长出了一口气。

四毛儿是这一带的混子，平常不爱吃肉饼。那一天，正赶上胖刚媳妇把手烫着了，没有来。四毛儿玩了一天麻将，手气臭，输了钱，正在气头上。四个人到旁边的饭店要了几个菜，想喝点儿。有一个哥们儿赢钱了，他请客，说要几张肉饼吃，四毛儿没有去。一等两等那个买饼的哥们儿没回来，他们几个出去一瞧，胖刚正跟那哥们儿吵架呢。听胖刚说话不讲理，四毛儿举起旁边的凳子朝胖刚的头上砸去，四个人冲进屋里把胖刚摁在地上，要往死里揍。这时突然听到一个女人叫："住手，再打我报警了!"几个人住了手。胖刚媳妇来了，她虽然手不得劲，但在家不放心，就又来了，果不然就出了这一出。

四毛儿几个走了，胖刚傻了，蹲在地上，半天没说话。

媳妇问他："因为啥?"

胖刚不说话。

"打着你了不？要不咱们报警？"

胖刚说："别报了，怨我。一天没卖东西，我有点急，说话不中听了。"

媳妇没再问，戴上了手套，开始干活。

第二天，饼店的牌匾换了，只有两个字"肉饼"。

胖刚也不见了踪影，开店的换成了他媳妇和他小姨子。

传宗接代

一

建国爹思想特别守旧，他这一辈子一直为传宗接代发愁。

他家是四代单传，在村里辈分比较大，有的五六十岁的人还得喊他爷爷。都说穷大辈，越是辈分大的，越说明家里人口不旺，因为岁数大又娶不上媳妇，一代一代传下来，和人家的年龄差距就有点大。到建国爹这一代，生了四个闺女，他爹他娘临死也没看着下一代，带着遗憾走了。建国爹临老的时候才有了建国这个独根苗，老头儿如获至宝。生建国那天，建国爹买了一篮子鸡蛋，别人跟他开玩笑说这次还是闺女，他一听把一篮子鸡蛋当街摔了。后来知道是开玩笑，他也没计较，只顾高兴了。虽然因为违反计划生育政策，罚得他家分文不剩，房子只剩一个破棚子，一家人都聚在那个破棚子里过日子，但有了建国，他爹就是再苦再难也不在乎。他爹视建国为掌上明珠，几个姐姐也都让着他，好吃的、好穿的都尽着他拿。但建国不争气，好吃懒做不干活，小学只上到五年级就不上了。大了，地里的活也不干。他爹说："我这是生了个爹！"

由于家里穷，建国娶不上媳妇。虽然他要个子有个子、要模样有模样，但谁也不愿意让自己的孩子进门就受穷。建国三十三岁那年，人家给他介绍了一个东边那个县的，人比较胖，个头不高，最主要的是腿还罗圈，脸长得也不好看，像个霜打的茄子。建国说啥也不愿意，可他爹和娘同意了。

"你小子有啥，空长了一副好皮囊，又不能当钱花。有个媳妇，让我早早地抱上孙子，才是你小子该办的事。"他爹对他一顿臭骂。

"孩子，好人家谁找咱？就听爹的吧！"他娘劝道。

建国不敢反抗，硬撑了三天后，算是答应了。

女方家什么彩礼都没要，对女婿挺满意，催着男方赶紧结婚。女孩的娘说："亲家说啥时候就啥时候，赶早不赶晚。"

建国爹对他娘说："白捡了个媳妇，赶紧的，这两天就把事给办了。"

建国说："您给人家解决了一个大问题，人家正瞌睡呢，您给了一个枕头。"

"你小子别不知足，这事就这么定了。"他爹压得建国不能吭声。

建国小声嘟囔说："往哪里娶？您总不能让我娶到大街上吧！"

他爹说："靠东边再搭个棚子。这几天咱爷俩就把它弄起来。"

说干就干，他爹到杨树林挑大的砍了几个粗树棍，又用玉米秆扎成帘子，用绳子捆好，搭成尖房顶，和点泥一抹，最后用白灰水一刷，成了，房子算有了。

二

过门那天，门口新对联一贴，鞭炮一响，建国的几个姐姐把新娘子接

过来了。爹娘忙着迎亲，可建国躲着不出来。媳妇的娘家人谁也没说啥，知道女婿家里困难，一共来了一桌人。建国这边就他几个姐姐。这样，办了两桌酒席。想看热闹的人也没能看上，这媳妇就算娶进了门。

建国对他媳妇总是爱答不理，还没好气地吵，但媳妇从来不计较。媳妇话不多，挺能干，家里地里一把好手，使得公婆高兴，几个大姑姐对她也不错。建国自己不干活，走东家，串西家，愿意啥时候回来就啥时候回来，不回来也不吭一声。媳妇也不管，反正回来也是找事。好在他媳妇的肚子一天天大了起来，公公婆婆开始心疼起来。

"建国，你媳妇都好几个月了，不能再让她下地了。"建国娘劝建国。

"我让她去的？她自己愿意！"建国没好气地顶道。

"娘，没事，这才四个多月，不耽误干活。"媳妇怕公公骂建国，赶紧替他圆场。

"不能再去地里干活了，就这么定了。建国，再往后地里的活你干，我孙子要是有个三长两短，我拿你说事。你白活这么大岁数了，有了孩子你让他喝西北风去？"他爹瞪着个眼说。

建国不敢说了。

三

建国媳妇预产期到的那天，建国爹娘忙了半天，准备了一大堆好吃的。建国媳妇上午九点进的产房，不到半个小时，孩子生了，一个胖丫头。建国他爹起身走了，他娘也只寒暄了两句就走了，只剩下了建国丈母娘和小姨子。建国媳妇哭得回了奶，无论想啥法，孩子也不够吃，得靠买奶粉喂孩子。建国丈母娘劝闺女："孩子的奶粉他们不管，我买。"都说女孩像爸，还真不差。丫头长得像建国，白净，大眼，个子也不小。看着自己的孩子，建国媳妇脸上逐渐有了笑容。婆婆不伺候，她搬到了娘家，直到出了满月才回来。

建国一家一反常态，给他媳妇脸子看，刚坐完月子的人，也不给丝毫的照顾。但建国媳妇也不跟他们一般见识，甚至还理解他们，谁让自己没能耐，没给他家生个"带把儿的"。邻居都看不惯他家的做法，认为这是欺负人。

孩子长到两岁多，长得漂亮，见了爷爷奶奶喊个不停。建国他爹觉得孩子没有罪，也时不时地抱抱、逗逗孩子。但老人还是不死心，想再要个孙子。他们多次跟建国媳妇商量，建国媳妇说："还是给你们儿子说吧，我没意见。"

建国表面上答应了，可就是不和媳妇同房，快一年了，媳妇肚子还没反应。婆婆问媳妇，媳妇说："我一个人能生孩子？"

婆婆知道原因了。

那一天全家召开了一个家庭会，做建国的工作。建国说："生下来，谁拿钱？罚款得四五千呢。我是没钱。"他爹娘没了话。

建国的大姐说："不行就弄个假离婚，离了婚半年后咱就不用上计生站检查了，到时候咱偷生，生出来咱没钱他也拿咱没办法。"他爹娘一听有道理，可建国媳妇不干。全家死劝活劝，建国媳妇才答应。她想，大不了真离婚，不行就跟女儿单过。

好在家里两个老人和建国两口子的地让乡里给占了。领钱那天，建国去领的。几个姐姐也想从中分一点儿，可他爹说："嫁出去的闺女，泼出去的水，哪能有闺女的事。这个钱我还等着养我呢！"几个闺女一商量，放出一句话："你们老了别靠俺。"他爹说："俺靠儿。"

四

可建国卷钱跑了，把全家快急死了。整整十二万，他爹娘这一辈子都没见过这么多钱。建国干活没两下子，花钱可是个好手。他在市展览馆后边租了一个门市准备干饭店，装修得挺好，还招聘了五个漂亮的服务员。时间不长，他就和一个服务员好上了。他爹听说后，觉得反正建国也离婚了，再找个媳妇，生儿子不就有指望了。再说这个比建国原来的媳妇好看，孩子一定不错。可他又觉得对不起儿媳妇和孙女，也没啥能贴补她娘俩的，就把家里的一片空地分给了她们。

媳妇知道，这日子也过不到头，反正有孩子呢，自己这么熬吧。

她就在那片空地上盖了一大间房子，开了个烟酒摊。由于她心眼儿好，从来不坑人，所以生意越做越好，后来又卖调料和土产，买卖越做越大，日子也过得红火起来。

而建国与那女的结婚后又生了个闺女，而且还有残疾，一条腿一拐一瘸的。建国的饭店也一天不如一天，装修费都没挣够，要房租的、收水电费的找上门来要账，三下五除二，建国又成了个穷光蛋。新媳妇一看不好，走了，只剩下一个瘸着腿的女儿和建国。

建国爹一气之下，得了重病，到医院一检查，食道癌，全家人都慌了起来。手术吧，没钱，只能熬了。

建国媳妇听说后，买了十斤鸡蛋和几袋奶粉去看她公公，全家人都不知说啥好。

媳妇说："为啥不到医院？"

建国爹说："看了，需要手术，可手术费咱拿不起。"

"需要多少钱?"

"得三四万块钱。"

"我给您出一半。"

建国娘说:"媳妇拿了一半也不够,建国到现在也不回来。"

建国姐姐说: "别指望他了,他带个病孩子,自己还照顾不了自己呢!"

建国娘说:"孩子,你都知道了,我们全家对不起你呀!"

"别说了,手术费我拿,赶紧往医院住院。"

感动得全家不知说啥好。

由于建国爹住院及时,手术挺成功。医院说:"别让老人生气,多保养身体,再活个十年二十年的没问题。"

出院后,建国爹有了太多感悟:养儿防老,可到了鬼门关,还不是让这个离了婚的媳妇救了俺!他把孙女紧紧地抱在了怀里。

在外边的建国听说后也感动得哭了,他想跟媳妇和好,又怕自己带着病孩子媳妇不愿意。他找人捎话给他媳妇,他媳妇说: "带回来吧,我养!"

建国蹲在地上,大哭了一场。

他媳妇说:"你去把孩子领回来,再把咱几个姐姐叫回来,今天晚上咱们全家聚餐,我请客。"

建国把孩子领了回来,两个女儿围绕在妈妈跟前。建国把铺盖卷搬到了媳妇那儿。几个姐姐也回来了,围着他爹问寒问暖。

这天晚上,他们全家举行了一场有史以来令他们最高兴、最难忘的晚宴。

没想到

下午，自习课快要结束的时候，县一中高一一班的班主任谢娟正在办公室批改作业，突然听学生说班里有人打架，便急忙到班里去，把三个打架的学生叫到了教导处。

主抓学生纪律的教导处张主任问谢娟："这三个学生怎么了？"

谢娟说："三个孩子打架。庞世清打贺宾，张杰看不下去，帮贺宾拉架，庞世清又把张杰打了。"

张主任看贺宾的嘴角出血了，胳膊、脚都肿了，头上还有两三个大包，张杰的校服褂子被撕掉了一大块，而庞世清却毫发无损。

张主任上下打量了一下受伤最重的贺宾，说："贺宾你先说，为什么打架？"

贺宾说："不知道什么原因，我在教室里走着走着，庞世清就用屁股撅我。我问他为什么碰我，他说看我不顺眼。我说，我还看他不顺眼呢，他就用凳子砸我。张杰看我被打了，就过来拦，这不庞世清把人家衣服撕破了，还打了人家好几拳，打得眼睛都肿了。"

张主任说："我一猜就知道是你庞世清没事找碴儿。你说你这是第几次了？一天不找事，你身上就痒痒。上一次你打架赔人家钱的事还没处理清，这次你老毛病又犯了。说说，好好的，为什么撞贺宾？"

庞世清一拉上衣袖看了看自己的表，满不在乎地说："我承认，是我找他的碴儿。星期天我请同学们吃饭，好心好意叫他去，他却不去，说家里有事。同学们都笑话我，说他看不起我。你说气人不气人。大不了，这次我还赔他钱就是了。"

张杰说："你以为你家有钱，就可以随便欺负人？人家家里确实有事。他母亲在病床上躺了好几年了，他得在家照顾母亲和小妹，家里一大摊子事等着他干呢。你知道不知道？"张杰气愤不过，抢过来话头说庞世清。

庞世清表现出吃惊的样子，不好意思地说："他母亲有病，我怎么知道？"说话的底气已经明显不足。

张主任说："谢老师，带贺宾同学到医院看病，该怎么看就怎么看，费用由庞世清垫付。另外，通知庞世清家长，让他父亲到学校来一趟。"

贺宾说："张主任、谢老师，我不用去医院，只要他今后不找我事就算了，我还得赶快回家照顾我母亲呢。"

张主任说："明天正好是星期六，今天一定要到医院看，要不让你母亲看见该伤心了。"

谢娟对庞世清说："今天你先给贺宾同学道歉、表态，以后还找不找人家事？"

庞世清不吭声了。

谢娟又对贺宾说："走，咱们先到医院看病，张杰也一块儿去，看看眼睛有没有事。"

张主任问谢娟：“带着钱没有？”

谢娟说：“带着呢。”然后领着贺宾、张杰走了。

庞世清感到有点对不起贺宾。他平常看贺宾吃得不好，同学聚会才让贺宾去的，没想到贺宾没给自己面子。几个同学都嘲笑庞世清自作多情，他发誓，让贺宾吃不了兜着走。没想到贺宾的母亲病了，家里情况特殊，特别是刚才张主任让贺宾去医院，贺宾还为自己说情，挺不好意思的。

送走了谢娟他们，张主任回到自己的座位，看了看长得五大三粗的庞世清，说：“庞世清，来这个学校的过程你也知道，人家都是考进来的，你是照顾进来的。入学的时候，你的分数和学校的最低分数线还有不少差距呢，你父亲一直找，看在你父亲多年来捐资助教的份儿上，咱们学校最后才把你招进来的。你来就是跟同学打架的？就是玩手机、不写作业的？每次跟同学打架，你以为赔偿人家钱就能抹平人家心灵的创伤？戴名表、穿名牌鞋、请同学吃饭，学校干涉不着，但你不能以此为由仗势欺人哪。贺宾同学父母早年离婚，现在母亲又重病在床，人家既要照顾重病的母亲，还得照顾自己的小妹，星期六、星期天还要去帮房地产公司和美食林发宣传广告，为了这个家要 50、100 元地挣。单说学习，贺宾、张杰一直在年级名列前茅，可你呢，一直拖全班的后腿。戴着上万元的名表，穿着好几千元一双的名牌鞋。父母对你寄托了很大的希望，可你小子不争气，光往大人脸上抹黑。先停课两天，做出深刻检讨，然后等候处理！”。

庞世清的父亲从修理自行车、开电气焊门市开始，逐步开机电批发门市、干水泥预制件厂，如今发展成为名气较大的房地产开发商。庞世清是他唯一的宝贝儿子，从小被娇生惯养。怕庞世清上学后吃亏，父母从他 3 岁就让他练跆拳道，后来又让他练摔跤、拳击，但多数都不能坚持到底。这孩子爱吃肉，父母就鸡、鸭、牛、羊轮着做，几乎天天不重样。孩子长了一身的肥膘，16岁就180多斤，一般孩子都打不过他。可他特长都不怎么突出，学习又不行，中考时只考了不到400分，而县一中录取分数是500以上。学校最后按特招生照顾他入了学。这孩子光惹事，老师老叫家长。

接到谢老师的电话后，庞老板赶紧开上车赶到学校。听张主任说孩子又跟别人打架，庞老板给主任说了半天好话，好在他跟学校的领导都熟。张主任让他赶紧上医院给那两个孩子看病去。

谢娟带着两个孩子正在医院做检查，贺宾需要住院治疗，张杰需要输液。

庞老板赶到医院，跟谢娟联系后，先到住院收费处交了5000块钱押金，然后把来的时候买的营养品给两个孩子拿到病房，一再给两个孩子道歉。听老师介绍了贺宾的家庭情况后，他又买了许多营养品和吃的用的，和谢娟一起赶到贺宾家，并让贺宾的母亲跟贺宾通了电话，让她放心。看贺宾母亲和妹妹吃了饭，并安排好一切后，庞老板把谢娟送回家，又赶回了医院。

让他没想到的是，在医院他看到了张杰的身旁坐着张副市长。一问才知道张杰是张副市长的儿子，把庞老板吓了一跳。这几天他正求张副市长办理一块开发用地的审批手续，其他手续都办得差不多了，就等张副市长最后拍板。可自家孩子竟然打了人家的孩子，这弄得庞老板很不好意思。

他连忙说："对不起，张副市长，不知道是您的孩子，我那孩子我回去得好好教训他。孩子的衣服坏了，抽时间我再给买身新的。"

张副市长微微一笑，说："晚上他妈妈等他吃饭，一直不见回来，给老师打电话，才知道他在医院。毕竟他们都还是个孩子，闹点矛盾也在所

难免，孩子没啥大事，过两天就好了。衣服千万不要买了，家里还有套新的，可以换着穿。我就先走了！"

张杰也催他父亲早早回家，说自己输完液就回去。

庞老板回到家后，刚从母亲家回来的妻子急忙迎上来问："怎么样，两个孩子不要紧吧？"正在屋里写作业的儿子也赶忙出来想了解个究竟。看着自己的孩子，庞老板气不打一处来，说："你知道你刚才打的张杰是谁的孩子？他父亲是市政府主管城建、土地的副市长，我这两天正在求人家办事呢，让你小子这一架给弄砸了。你以为你爹是个什么了不起的人物，有几个钱，你就在学校称王称霸？县一中藏龙卧虎，有能耐的人家多着呢！咱家只是一个靠政府扶持的小商人，你以为你是谁呀？这不，费了半年的劲，恐怕要泡汤了。"

庞世清也感到很吃惊。班里的同学都不知道张杰他爸是市里的大领导。张杰只说他父亲在市机关上班，从没炫耀过。人家不仅学习好、穿得很朴素，还爱帮助班里家庭困难的同学。可自己因为家庭条件比别人好，就不知道天高地厚了。还有贺宾，听爸爸说到家里看望他母亲的时候，看到人家吃的、住的、用的都那么差，母亲又病得那么重，自己还欺负人家，真太不是东西了。他跟他爹妈表态，今后再也不找事了，一定好好学习，再也不乱花钱了，而且会在经济上帮助贺宾。

星期一下午，张副市长给庞老板打电话，说手续已经批了，让他去拿批复。庞老板感到太意外了，说了许多感谢的话。张副市长说："咱们的孩子还是同学呢，这又多了一层关系。只要是对全市经济发展有利的事，我都会尽心办理的。"

庞老板真的没想到……

婆媳逛街

"妈，收拾得怎么样了，一会儿咱们该走了。"媳妇喊婆婆。

这一天是星期六，她们婆媳要一起去逛商场。婆婆虽嘴上一直推辞，但毕竟是孩子的一片孝心，再说自己看孩子、做饭，也没时间出去逛街，更没有进过大商场，媳妇一定要让她去，去就去吧。

头一天晚上，媳妇与丈夫商量："咱妈为咱这个家出了大力了，自从爸去世后，她老人家为咱这个家操碎了心，咱们也该孝顺孝顺她老人家了。正好她的生日快到了，咱们给老太太买几件像样的衣服。老太太经常以让咱们买衣服不合身为由，自己到地摊买，实际上是怕咱们为她花钱，我虽过意不去，可总也抽不出时间。老人家都五十多岁的人了，还没过过生日，咱儿子这么点儿，每次过生日却都是老人家张罗，这次再忙也要抽时间给老人过个像样的生日。"

清晨，两个人进行了分工，丈夫打扫室内外卫生，然后带儿子去公园玩，媳妇跟婆婆逛商场买几件像样的衣服。吃罢早饭，丈夫早早地跟孩子出去了，媳妇赶紧催老太太一块儿走。

　　老太太穿了一身自己平常不舍得穿的新衣服。媳妇急忙夸老太太说："妈，您虽说上了点年纪，可稍一收拾不减当年的风采，如果再买几件好点的衣服，就更漂亮了。"

　　老太太嘴上不说，心里高兴。"都黄土埋半截的人了，穿上不冷就行，有啥好赖之分。"

　　媳妇说："妈，这几年都是我们和孩子拖累了您。现在人们都追求个夕阳红，您看人家白大妈、黄大妈她们，早、晚跳广场舞，平时一块儿逛逛街，吃饭讲究个养生，活得多滋润。要不是我们拖累，您也不比她们差。"这番话说得老太太心里美滋滋的。

　　出了家门，媳妇开过车来，让婆婆上。婆婆说："逛市场就别开车了，车也没地方停。"

　　媳妇说："咱不转那些小市场，咱们去大商场，大商场的东西好。"说罢，搀着婆婆上了车。

　　到了市中心的商厦，媳妇领着婆婆直接坐电梯到三楼。三楼是卖羊毛衫、羊毛裤的地方。

　　"妈，这儿的羊毛衫都不错，纯羊毛的，穿上又轻又暖和。马上就立秋了，先准备好，到时穿。"媳妇说。

　　婆婆一看价钱，吓了一跳，都是上千的，有的甚至四五千。老太太马上就要走，她要看那些针织品，那个便宜。

　　媳妇说："试试又不掏钱，妈，您先试试，相中了再买。"说着，她拿了两件羊毛衫，一件灰白色的，一件紫红色的，看看大小与老太太的身材差不多，就让婆婆试。不得已，老太太开始试。她用手一拿，感到纯羊毛的就是好，轻、薄、摸着舒服，往身上一穿，真漂亮，与自己原来的针织衫就是不一样。可价钱太贵，婆婆说啥也不让媳妇买。婆婆说："不好看，妈相不中。"无论媳妇和服务员怎么劝，她就是不让买。羊毛裤她试也不试了，拉着媳妇就走。

媳妇没办法，对服务员悄悄说："麻烦您给我装好，我一会儿过来取！"然后又跟婆婆走到卖羊绒大衣的地方，让老太太试穿。老太太试了一件浅蓝色的，媳妇感觉挺合适，也没硬劝老太太买，就随着她转，但也暗暗地给服务员打好招呼。

老太太让媳妇跟她一起去一个地方，直奔商场的大门口。老太太知道，大门口都是减价销售的东西，那儿的东西也不错。她在那儿试过来、挑过去，虽然仍觉得东西贵，但与里边的东西比起来，就便宜多了。她想让媳妇买。媳妇说："不好看，妈，过两天再说吧。"老太太不无遗憾地跟着媳妇走了。

在车上，媳妇怕婆婆不高兴，说："妈，您也该享享福了，再往后，我们啥都听您的，就是这穿的、用的让我们说了算一回好不好？您不为自己想，您也得为儿子媳妇想想哪，要不，别人该说我们不孝顺了。您说是不是？"

"我觉得这样就挺好，比过去好不知多少倍，我都觉得在天堂了。谁要说我的儿子媳妇不好，我撕烂他的嘴！"

"妈，没人说，我们只是想让您老人家每天都高高兴兴的，不能让您整天为我们操心、劳累。"

"我是怕你们花钱。应该把钱用在最该用的地方。"

"妈，您老就别管了。"

媳妇把老人家送回了家，又原路返回，把刚才给婆婆挑选的几件衣服买了回来。

老杨争气

老杨是烟酒店的老板，说话总是夹枪带棒、不干不净，而且"奶奶"不离嘴，他说是因为喝了邯郸水。他没文化，小学上了六年，但乘法口诀始终没背会，最后跟班主任打了一架，不上了。

他也沾了没文化的光，啥事不考虑后果就敢干。改革开放初期，老杨出道早，先帮别人卖自行车，后来，闹不到一块儿，自己干。他媳妇有缝纫手艺，两口子开始做被罩、鞋。二十年前，他开始卖烟酒、饮料。他先是摆零摊，后来推着排子车卖，后来租起门市房，买卖越干越大。穷小子一旦翻了身，那不得了。每天晚上一关门，老杨都弄个牛腱子、红烧肘子、道口烧鸡等硬菜，总之，不吃赖东西。再倒上半斤白酒，酒要喝三十元一瓶以上的，每天都喝得晕头转向的。

老杨愿意让别人称自己杨总，但大部分人都称他老杨，称他老婆老板娘。老杨一听就有点着急；于是话也不好听了，态度也差了，耷拉个脸有二尺长，弄得顾客不知所措。

他老婆是一个高中毕业生，虽然不是大学生，但毕竟有点文化，别人买东西开票，一律由她开。存款也都是她的名字，定个合同都得她来签，人家来店里谈正事，都是找她。渐渐地，老杨有些不是滋味。

有一次两口子闹别扭，他老婆一个多礼拜没来店里，老杨要争个气给他老婆看看，也不叫她。"离了张屠户，我就得吃带毛猪？"他也学着开票，练"烟""酒"这两个字，需要开票时，也不用求别人。有一次，一个人买罢烟酒需要开票，老杨自告奋勇："来，让我给你开！"可人家这次不开烟酒了，说："你给我开成饭费吧！"老杨一听，就难住了，因为这个"饭"字他不会写，于是急忙到门口看饭店门口的牌匾上的字。他挨个儿看了一遍，也没看到这个"饭"字，没办法，只能让人家自己写。

一个邻居从他店里买了一条烟，说回头给钱，老杨答应了。人家走了之后，他需要记个账。他知道买烟的人叫小竖的，可是"竖"字他怎么也想不起咋写，就画个竖道代表竖字。给他送酒的来了，他怕账算错了，就说先给人家打个欠条，等掌柜的来了，再给人家算。人家要求他在人家打好的条款里写上一个"未付"，可老杨非得给人家写个"欠"字，人家不同意。老杨说："你自己写吧！"可人家说："这个字我不能写。"最后人家才知道老杨不会写"未付"的"未"字，只好给他先写出来，让他比葫芦画瓢，他还把"未"写成了"末"。

卖了几天的烟酒，老杨想把整钱存起来，这样可以写成自己的名字。可到了银行，人家需要填单子，而且阿拉伯数字变成了汉字。老杨不会，只好乖乖地跑回来。他心里一想，离了老婆还真不中。

这几年，政策抓得紧了，公款吃喝少了，老杨的生意也不好做了，再加上他的服务态度不好，去他那儿买东西的人越来越少。老杨感到靠开店是养不住了，辛辛苦苦一个月，挣的钱只够交房费。老杨想，得多想

办法。

　　他的店对过是一家个体企业，生意一直不错。这几年，老板又搞了房地产开发，生意越做越大。最近正在吸取社会资金，利息是二分五。老杨想，这可是一个千载难逢的好机会，家里的存款放到那儿吃利息每月收入近万元，比开店强。老杨偷偷地拿上身份证，开发商让会计随行，老杨的钱全部转到了人家的账户上，他只想在家坐享其成。但只拿了三个月的利息，老杨连本也没要回来。

　　老婆说："就你这个没一点儿文化的人，还总想自己说了算、当老板。你光想着不蒸馒头争口气，可你给咱家争回来的都是晦气。这不，辛辛苦苦几十年，一夜又回到了解放前。"老杨无言以对。

负反馈

　　早晨，县委常委、办公室主任上班后，按照惯例，先把所有的文件浏览一遍。当他看到市委办公厅刚刚发的一个文件《关于全市六月份信息刊登情况的通报》，他们县位列全市倒数第一时，感到问题重大，立即找到主抓信息工作的副主任，工作要求集中一切人力物力，务必于七月份在信息工作上打个翻身仗。

　　张副主任是一个资深的搞信息工作的老同志，在县委办公室从一般科员升任科长，再升任办公室副主任，工作经验非常丰富。这段时间，由于别的工作太多，没顾上信息工作。看到领导的批示后，他立即把所有的资料人员集中起来，开了个会。会上他把今年全市刊登的信息分门别类进行汇总，找原因、定措施。最后，他提出了三点要求：一要动员全县各部门迅速上报信息，增加信息量；二要下达任务，每个部门上报的信息不得少于三篇，对信息上报不及时和信息工作落后的单位通报批评；三要增加负反馈信息的数量，因为负反馈信息一旦刊登，不仅分数高，而且容易引起领导的重视，会产生轰动效应。总之，大家要迅速行动，该下通知的下通知，该发文件的发文件，积极行动起来，打一场信息工作的攻坚战。

纪委办公室小李这两天忙得不亦乐乎，作风整顿大检查，他上报了不少信息，虽然刊登了不少，但都是纪委系统的。纪委这次在全县也排在了后面，他负责这一块，得赶紧赶上去。要想打翻身仗，来得快的就是写负反馈信息，可负反馈信息虽然得分高，但容易惹出事来。他冥思苦想，上网查、翻资料，感觉这几年农村"两委"班子成员中出现的违法乱纪问题比较多，主要原因是缺乏监督。

小李把网上搜到的这方面信息进行了整理，最后形成一条中性的、问题不太尖锐的信息——在农村发展党员要杜绝四种现象：一是以本家族子女和下一代为发展目标的家族式，二是以儿女亲家、亲戚好友为发展目标的亲朋式，三是以观点一致、兴趣爱好一致为发展目标的帮派式，四是以金钱利益关系为发展目标的金钱式。这四种形式，使得农村党员的发展工作存在着严重的陋习，成为违法乱纪的根源所在，必须引起高度重视。在认真地看了几遍之后，他又把相关的网页下载下来，以备查询，然后把信息上交纪委领导审查，并把电子版报县委办公室。

让小李没想到的是，好消息不断传来，市委、省委办公厅信息快报登了，而且都有领导批示，特别是有省主要领导的批示，这一下震动了全省办公厅系统。省纪委、市纪委办公厅也纷纷要求刊登。平时整天默默无闻的小李，一时成了县里的风云人物。他不仅为县纪委、县委、县政府办公室争了光、挣了分，也为省委办公厅、市委办公厅挣了分、争了光。人们纷纷议论："纪委的小李笔杆子很棒，连省领导都在他写的稿子上签了字，真不得了。"

可过了没多久，他碰见县委组织部组织科的小谭。

小谭问："你写过一篇反应组织工作的信息?"

小李说："写过。"他还以为小谭又要夸他呢，表现出难以抑制的兴奋。

可谁知小谭话锋一转，说："你可为县里争了光了，这不，听说上级要派人来调查，市里、县里都在为这件事忙呢。你这纯粹是没事找事。各乡镇都在加班加点、查缺补漏，对党员发展情况进行梳理，准备迎接上级领导的调查。市委组织部也在严阵以待，为这件事忙活"。

小李吓得话都说不出来，大气都不敢喘了，头上直冒汗。后面小谭说的话他也没记住，反正都是不好听的话。

小谭毕竟是组织科长，他说的话应该是真的。再说这段时间的确有不少人在组织部帮忙。他赶紧向纪委领导汇报。听口气，领导已经知道了事情的经过，对这个事高度重视，并已经向上级有关部门进行请示。大家一致认为，这篇信息反映的问题的确存在，虽然没有发生在本县，但网上调查也是信息工作的重要手段和方法。看到小李担心害怕的样子，领导说："没事，你反映的问题都有依据，回头你把从网上下载的相关内容复印几份，调查组来调查时，我们可以提供给他们。工作该怎么干还怎么干，思想上不要有负担。"

可小李真的实在顶不住了，这几天一直沉默不语，嘴里长了好几个燎泡。他吃了点降火的药，但不管用。他知道自己给领导找了麻烦，因为从各路反馈回来的信息是大家都在忙着准备党员的档案。

小李吓得连续几天感冒发烧，他在等待着上级领导对此事的处理结果。他左思右想，自己没有什么错；他请别人给他分析，别人也说他没有什么大事。可机关各种舆论还是铺天盖地，压得小李喘不过气来。

　　终于，县委组织部长叫他过去一趟。小李心里更是忐忑，两条腿一直打战。小李一进门，部长立即站起来和小李握手，说："非常感谢你对组织工作的关注。前几天，上级组织部门来了三名同志，对全市农村发展党员工作进行了调研。他们让市委组织部党员管理处召集各区县组织部的同志进行了座谈，还走访了咱们县的三个乡镇，感到咱们县的发展党员工作程序严格、管理有序，特别是档案管理得井井有条，准备在咱们县召开一个现场交流会。你也准备一个发言材料吧。"

　　小李悬着的心终于落了地，谣言也不攻自破。

李宝贵"双规"记

　　李宝贵被县纪委"双规"了，消息不胫而走，而且越传越邪乎，不到一天的工夫全村人都知道了，就瞒着他老婆一个人。

　　李宝贵，是黑陶溪村党支部书记。改革开放初期，宝贵从部队转业回来，一直在市里经商。由于头脑灵活，朋友、战友又多，不几年的工夫，个人资产近百万，全家人也从黑陶溪这山沟沟搬到市里住了，许多年也没回过老家。四年前，宝贵小时候一起耍得最好的伙伴保江得了个急病，因为山路不好走，没能及时赶到医院，死在了半路上。宝贵知道后，马上开车赶回老家，不到20公里的路走了整整一天。看到保江的两个孩子和躺在床上的爹娘，他悲痛欲绝。改革开放快30年了，家乡还是这么穷，这是他没有想到的。他暗下决心回来，带领乡亲们干一番事业。他把哭得死去活来的保江媳妇扶起来，说："嫂子，今后家里有啥难办的事就找我。"他给保江父母跪下磕了一个头，说："今后，我就是二老的儿子"。

　　他说到做到，不久就率领全家人又回到了黑陶溪村。他要办两件事。头一件：修路。他拿出20万元买料，村民们出义务工。第二件：盖学校。

105

他又拿出 30 万元，要盖周边村中最好的小学。他说到做到，用一年的时间，把村里连接到市里的路修好了，把新学校也盖好了。

看到这后生是个实在孩子，干了 30 多年的老支书耿爷自动辞职要让宝贵干，通过投票他成了黑陶溪村的当家人。这几年，他又出资给乡亲们盖大棚、买果树苗、买鸡雏，在山上栽果树、种药材，大搞种植业和养殖业，不几年的工夫就改变了村里的生活条件，全体村民没有不夸他的。大家富了，可他却变得越来越穷了。

就这样一个人，怎么会被纪委"双规"了呢？可这是乡里的刘纪检说的，大家能不信吗。

天又快黑了，还是没有一点儿消息。这都四五天了，在家的几个支部成员都像热锅上的蚂蚁一样。怎么给书记的家人交代？这不，怕啥来啥，宝贵媳妇又来找了。大家开始说到县里开会了，可好几天了，再骗人家还真怕骗出事来。

副书记李双喜大着胆子说："婶子，俺叔走之前，咋跟你说的？"

"他说，乡里刘纪检通知他到县里一趟，有急事。可这已经好几天了，也不往家里打个电话，给他打也关机。"宝贵媳妇说。

大家你看我，我看你，都不敢说。

宝贵媳妇看出其中有蹊跷，说："你们可得给俺说实话。"

双喜看瞒不住了，说："婶子，我给您说了您可得挺住。听乡里刘纪检说俺叔叫县纪委给'双规'了。"

"啥是'双规'？"

"就是跟拘留差不多，不能跟外边联系，不能回家，还得接受审问。"

宝贵媳妇一听，头嗡的一下，蒙得什么都不知道了。大家伙赶紧扶她到床边坐下。

宝贵媳妇说："前几天，县里边来了两个年轻人到俺家找你叔，非得叫你叔说啥，你叔就是不说，他们还在俺家吃饭呢。这俩孩子怎么这么没良心呢？大家伙说说，俺家的可没对不住大家的地方。没日没夜地干，到头就落了这个，你们可不能不管哪！"

大家伙纷纷表示："绝对管！"

经过一番激烈地讨论，大家最后决定写个联名信，都签上名，去作保，证明李宝贵是个好人。于是，有人拿纸、笔开始写。人越聚越多，大家纷纷写上自己的名字，并在自己名字上按了红手印。

第二天一大早，宝贵媳妇和五个村民代表带着联名信找到了县纪委。他们问谁都说不知道。后来办公室的同志给纪委书记打电话才知道，宝贵和纪委宣教室的两名同志在县招待所 208 房间。他们几个又找到县招待所。一进房间，宝贵媳妇就把那封联名信掏出来了，说大家伙愿意作保，把宣教室的郝主任弄得一头雾水。等明白过来后，几个人都大笑起来，喊正在里屋睡大觉的李宝贵。宝贵从被窝里爬出来，听说大家以为自己被"双规"了，也笑得肚子疼。

原来，为了宣传李宝贵的先进事迹，县纪委宣教室的几名同志多次找到他，让他介绍自己的先进事迹，可他就是不说，后来纪委书记想让他到县里来专门说一说材料的事，又怕他不放心家里的事不来，于是就说不行把他"关"起来让他说。所以，他们在县招待所开了房间，把宝贵的手机也给没收了，好让任何人别打扰他。就这样，他还像挤牙膏似的，问半天才说一点儿，几天了，还是没能满足材料所要求的内容。要不是想早点回家，他一点儿都不说。

　　大家明白了事情的原委，你一言我一语地开始给宣教室的同志介绍起来。宝贵的老婆对他的事更是门儿清。这样，一上午宝贵的事就了解得清清楚楚了。

　　下午，李宝贵就回家了。不久，他的事迹在日报上登了出来。

老秦的"追求"

上大学的时候，老秦是我们中文系最有追求的一个。

老秦叫秦名扬。与他的名字很相符的是他的性格，凡是能公开亮相、出头露面的活动老秦都积极参加。无论是竞选班长、竞选学生会干部，还是足球队和田径队招聘队员，老秦都积极报名。系里成立诗社、话剧队，老秦认真准备自己的作品让评委点评，每次都摆出一副毫不客气、当仁不让的架势。虽然大都没能如愿，但他毫不气馁，总是高高兴兴的。

有一次，老秦给我们说他干了一件惊天动地的大事，就是追求我们学校的校花了。大家问他结果，他说："结果不重要，重要的是过程。你们敢吗?"弄得我们哑口无言。

老秦爱写诗，但写得很"朦胧"，我们谁都看不懂，寄出去准备发表的也都石沉大海。但老秦自己读自己的诗，激动地哭，激动地笑。老秦还爱给别人的诗提出修改意见，虽然大家都不听他的，但他每次都很认真。有一次，老秦看我写的诗"我是一株绝望的枯草，我那种子呀刚生下就投入了冬天的怀抱"时，很是劝了我几天，说我太悲观。老秦喜欢与众不

同，但凡大家在一起谈一个事情，老秦的观点总能与大家不同，我们都说他是逆向思维。

老秦爱看名人传记，因为他崇拜名人，不管是好人还是坏人，他都能讲出许多故事。老秦总是愤愤不平，有钱的他骂，当官的他骂，好像谁欠他二百吊钱似的，对那些看似不如他的人却富有同情心。有一次在省政府大院门口，有几个上访的群众，老秦也不知怎么听了他们的一面之词，就在那儿演讲起来，招了一大群人。省信访局的人通知学校去领人，回来后学校让他写检查，老秦认为是小题大做，不以为然。

上学的时候，就一点老秦有些不满意，就是将来要当教师，当一个"孩子王"。这不是他的理想，他的目标远大得多。为此，大三实习时老秦说自己声带突然破裂，不能大声讲话，整天拿着个水杯子，里面泡着胖大海，给人说话时跑到跟前对着人家耳朵说。大四时，省委组织部要招选调生，老秦坚决要求去，跟另一名同学争吵起来，声音老大，好几个人都拦不住，嗓子也不哑了，大家才知道他是装的。后来，学校又号召大学生支援边疆，虽然学生党员干部都写了申请书，但老师细一问，真正愿意去的不多，老秦这次申请成功了。由于老秦支边态度坚决，申请书写得感人，他又被选为毕业生中的支边代表，参加了全国大学生支援边疆巡回演讲团，到全国各高校巡回演讲，还受到了中央领导、教育部领导的接见，并合影留念。拿到照片，老秦心潮澎湃，激动地让大家看照片，还给大家讲到各学校演讲时的经历。学校敲锣打鼓地把他们这批支边生送走了。老秦被分配到西北某城市的一所中学当语文教师，他不满意，跑回学校哭诉。最后系里一位老教授写信推荐他到一家文学期刊的编辑部工作了。

因为不在同一个城市工作，后来就一直没有老秦的音信。省城的几个同学都与老秦保持着联系，我才知道海南建省的那一年，老秦从西北辞职到海口某杂志社去了。后来因为杂志社是自负盈亏，完不成任务不开工资，老秦又辞职去深圳工作了。后来又听说老秦出国到荷兰去了。大家都为老秦一个接一个的壮举而感慨，他的确让我们这些守家观念极强的土包子很是刮目相看。想起自己当年，根本就没有想过离开家乡，而老秦这些年像走马灯一样在这个世界上来往穿梭，游刃有余，成了同学中一个敢作敢为的榜样，让许多同学都很羡慕。

今年八月，我突然收到老秦的一条短信，说他得了重病，需要钱做手术。因为长期没有联系，我赶紧给老秦回电话，但没敢问他得的是什么病。问他需要多少钱，老秦说两千元，我毫不犹豫地按照他发给我的账号汇了过去。后来，我给省城的同学打电话，顺便问了问老秦的病情。了解情况的同学一听，急忙说："你是我知道的第十二个上他当的人了，老秦根本没什么病，而是出家当了和尚，他让你寄钱是给庙里化缘呢！"

我简直不敢相信自己的耳朵，老秦这个颇有追求的人，怎么会遁入空门。后来，老秦又给我发短信表示感谢。我问他："怎么放弃了你一贯倡导的'追求'了？难道已经看破红尘？"他说："非也，这些年我走南闯北，什么都见过了，贫穷、富裕，国内、国外，大官、小官……没什么意思。我是放弃了过去的'追求'，做好准备到另一个世界去'追求'"。

我感到诧异，也无话可说。

国栋这个人

国栋姓李，生于二十世纪六十年代初，是老李家的独生子。怕不成人，他爹娘给他起了个乳名叫臭蛋，从小对他溺爱，要星星不给月亮。到了上学的年龄，父亲又给他起了个学名叫李国栋，意为将来能成为国家的栋梁。可国栋生不逢时，父母早早地病故了，他唯一的亲人大伯收留了他。为了让国栋能吃好穿好，大伯经常偷偷地做小买卖，也就是当时所谓的投机倒把。时间一长，让村里的民兵发现了，被打成了"黑五类"分子，整天游街挨斗。国栋一点儿指望也没有了。

没有大人的管教，再加上当时正是"文革"闹得最厉害的时候，国栋经常不去上课。在他大伯家有一顿没一顿地吃不饱饭，所以早早地就不上学了，开始在生产队上班。在那个饿得前胸贴后背的年代，下地活又重又累，他这样的家庭又没人照顾，国栋不想干，于是，整天瞎游逛，成了一个好吃懒做、游手好闲的人。谁家的鸡丢了，谁家的狗没了，大部分都跟他有关系，街坊邻里都躲之唯恐不急。在村里混不下去了，他就开始在社会上流浪，学了一手坑蒙拐骗偷的本事。有一年，在国棉厂偷布的时候，他让人家把腿给打拐了。可这小子死不悔改，腿拐了，有嘴，练得钢嘴铁牙，身子烂嘴不烂。

他说自己会什么大红拳、小红拳，邻村的几个孩子被骗得团团转，几个年轻人让他教打拳。结果拳练得不怎么样，都跟着他学会了偷。他让几个小孩到自己村去偷猪。生产队的猪都在一个猪场养着，晚上他把电偷偷地接过去，一口气电死三头大猪，回到家偷偷地给几个参与偷猪的孩子分了一点儿，自己弄了一大缸肉。最后人家找到他家，三头猪的皮还在墙上挂着晒，他被抓了个正着。没吃完的肉，让几个和他一起偷猪的年轻孩子拉着游街；猪皮让他披着，在村里游街示众。他手里还拿着一个小锣，一边敲一边走，还高声喊着："我叫李国栋，我偷生产队的猪来，我有罪。"招了满大街的人。几个孩子的父母还要打国栋，国栋耷拉个脑袋，也不敢反抗。从那时起，国栋在那一带臭名昭著。

改革开放初，国栋又有了新招数。当时自行车凭票供应，但国栋可以搞到，"飞鸽""凤凰""永久"都没问题，只要你说要，几天内就能买到。一传十、十传百，他一下子成了远近闻名的人物。后来要的人多了，国栋说："先交钱，按交钱的先后顺序排队，买上之后再通知。"

有的家里孩子搞对象、结婚、参加工作，都急需买一辆自行车。当时流行"三转一响"，女方提出了要求，不买对象就得吹，家长们千方百计拿着钱抢着交。

后来，国栋找不到了。他大伯说："好像去广州了，这一段时间车子不好买，他得拿着票到广州取车子。"

刚开始大家还信，可等到孩子结婚的日子都过去了，自行车也没消息。就这样，车子没买上，钱也没了。一打听，才知道，国栋是先花钱买

高价的车子，取得大家的信任，再大批地收钱，等钱一到手，卷钱跑了。弄得这些家长死的心都有。

国栋这一走就是十多年。后来他从南方回来了，还带着个漂亮媳妇，听说还比他小十来岁。这时邻居们大都已富裕起来了，几百块钱还能再朝他要？这几年他在南方认识了一些水果批发商，干上了水果批发的营生。橘子、苹果、香蕉他都有，弄得煞是邪乎，一大堆小商贩追着他。国栋带着大金戒指、大项链，经常出入大饭店和娱乐场所，前呼后拥，好不威风。新房也盖起来了，而且是一栋二层小楼。结婚时，找了那么多车。邻居们都很羡慕，都说这人到老了终于出息了，他早死的爹娘该合上眼了。

可最近他又出事了，还是大事。原来他又染上了赌瘾，一天不打麻将都受不了，把车和流动资金都输光了。但生意不能停，于是他从南方骗了两车皮的水果，价值六七万元，说回头把钱汇过去。南方的老板相信他，就把货发过来了，他把水果批发掉，却没给人家钱。人家一天到晚给他打电话，最后他关了机。

南方老板开始派人来要钱。国栋媳妇说："出远门了，去哪儿了没给说，家里也不知道。"最后，水果老板亲自从老家来了。国栋找人到南场弄了一个假坟头，还写着"李国栋之墓"，做了几个孝帽子，让老婆说他刚得了个急病死了。老板没办法，到坟头上给他烧纸焚香，还给他随了1000块钱的份子，然后走了。

可过了几天，刑警队来人把国栋抓走了。原来，南方老板到派出所问国栋的情况，一个警察说昨天还见他了。老板就把事情的原委给警察说了。公安局立即对国栋采取了措施。最终，国栋被送进了监狱。他终于找到了自己的归宿。

攻　坚

　　春节刚过，市委组织部就开始安排全市的扶贫工作。经过严格的筛选，老贺光荣入选扶贫干部队伍。他这次扶贫的百家沟村，据说是全市几个有名的老大难村之一，位于石山头县西部靠近山西的太行老区。

　　老贺叫贺玉祥，是个部队专业干部，在部队时任团政治部主任，副团级，转业到地方之后被分配到市委组织部。部队的经历给了他刚正不阿、敢打敢冲的性格特点，但他的缺点也很明显，说话太直，有时还不分人。别人对他的评价是：人，是个好人，就是脾气性格有点让人受不了。他在组织部也没有得到很好的安排。

　　论年龄，他是这批扶贫干部中较大的，这次扶贫，一般安排的都是后备县、科级干部。领导找他谈话时，老贺说："不为别的，就为换个环境，干成点事。"

　　回到家，他找了一张石山头县的地图，找了半天，才找到这个百家沟。老婆劝他："你身体不好，到那儿悠着点，别死心眼儿傻干，遇事别着急，多靠大家伙。"他嘿嘿一笑，说："我知道。"

说走就走。出发那一天，老贺带着打好的铺盖卷和一些吃的用的东西，就到县里报到了。随老贺一块儿到百家沟的还有两名同志，县组织部的一名同志，开车送他们。

车行进在高地不平的山路上，越往西越不好走，山越来越高，民房和路上的行人越来越少，路成了窄得只能走一辆车的单行道。走了大概两个小时，终于到了一个大一点儿的四合院。老贺他们以为到了，原来这是乡政府。乡领导说："对不起，再往里走，车就不能走了，得换自行车。"乡里一名副书记和他们一起，一个人骑一辆自行车。老贺一看这几辆自行车都可以叫古董了，除了铃铛不响哪儿都响，车链一会儿一掉。他们安链条弄得满手都是油，终于花了一个半小时才到了目的地，几个人累了个半死。

百家沟村"两委"班子成员都在，书记李新诚对工作组的到来表示欢迎。乡里的副书记宣布老贺是第一书记，其他两名同志任村委会副主任，村原班子成员不变。老贺说："我们只是服务，具体还得靠大家，希望大家能支持我们的工作。"老支书带头表态："请领导放心，我们会全力配合工作的。"他让几个年轻人先把工作组的住处安排好，然后说："大家都辛苦了，咱们先吃饭，吃完饭，我再给大家汇报村里的情况。"老贺说："煮点面条吧。咱们一边吃一边听情况。"

吃着面条，老村支书开始介绍："全村现有451户，1807人，3500多亩土地，其中大部分是山地，土地贫瘠，种啥啥不长。贫困户占全村的40%，集体没有任何企业，也没有收入。村民大部分靠种庄稼为生，好一点儿的后生都出去打工了，家里剩下的大部分是老人、孩子和一些好吃懒做的人。种植是一年一季，只能种玉米，因为没有水，土地又都是石子、胶泥地。几代人就是这么穷过来的。全村的房屋大部分是土坯加石头房。过去扶贫组也来过，但一看这种情况，无从下手，就给那些贫困户送个救济钱。"

老贺一听，头都大了。虽然他也是在农村长大的，但这样的农村他还是头回见。他心里想，不能让大家看出来他有畏难情绪，万事开头难，必须开好头，然后才能一步一个脚印地干下去。他向大家介绍了工作组的几个人，一个是农业大学科研所的技术员，一个是文教局的教师。大家相互认识之后，老贺招呼班子成员一起开始实地考察。

村里的那些老牌的贫困户，一听工作组来了，早早地就聚在大队门口。他们已经习惯了扶贫，想把自己的困难向工作组反映反映，就是要争取自己家多得一点儿救济金。他们知道，每次扶贫都是这样，给个扶贫款，大家领个钱。老贺他们一出大队部的门，乡亲们就围了过来。有的问今年给他们村带来了多少款，有的问他们家这次能领多少。

老贺说："老乡们，你们都先回去，回头我会每户都走到的，到时候咱们再一个一个说。但有一点可以告诉大家，这次扶持的是政策、是产业、是办法，市里要求的是精准扶贫，资金支持也不再给现钱，而是从改善生产环境、改变产业结构、扶持创业、提高生产技能入手。资金要用到该用的地方去，绝不会再给钱走人，而是选准突破口，带动一大片，最后达到全面整体实现小康。希望大家这几天也好好想想，自己想干的是什么项目，如何干，缺多少钱，需要我们为大家做什么。"有几个一听说不给钱，马上骂骂咧咧。大家盼了半天盼了个这，一哄而散。

老贺这一个月累得不轻，他带着村干部从沟前到沟后，从山上到沟底，在全村完完全全地走了一遍，对整个土地的结构、土质进行了了解，对大小地块如何整合也基本上有了数。当下最要紧的事是通水、通电、通

路。水，可以先买几台水泵，把沟底水池的水抽到上边，把原来的蓄水池再整体扩大。电，可以引线路、找站点。路是当务之急，必须搞好预算，申请扶贫资金，马上动工。要先对村里的能人和技术能手进行培训，让他们带头种植、养殖，可以聘请农技专家对他们进行帮助。要通过土地流转形成规划，通过土地入股带动大家，使大家共同发展。年轻人带好头，老人妇女可以参加劳动挣钱，有门路的可以主跑销售。总之，充分调动每个人的积极性。对低保户和失去劳动力的户，要想尽办法让他们能充分享受党和国家的关怀。要想办法建起敬老院、幼儿园和医疗所，让大家不出村就能养老、养小、看病。这个村的青壮年，大部分在山西矿上打工，得尘肺病、硅肺病的人较多，要想办法让他们回到家乡来，让大家深深地感到在这里可以大有作为。现在关键是要选好目标，制定好方案，找好带头人，筹措资金，搞好技术和项目培训。只有有了好的项目，那些年轻人才能回归故乡，为家乡的发展献计出力。

老贺他们心里有了谱，他又带着村干部走家串户，特别是贫困户，摸清致贫的原因，想干什么，需要什么。总之，服务到家。他还要求村里所有的原来吃救济的将户口本、身份证、打工证明、孩子的学校证明、病人的住院证明等相关证件和证明一并交村委会。

很快，老贺组织村干部制定出了初步方案，立即开始展开工作。要先建大型的养殖场、果林园、饲料加工厂、村民服务站。所有的村民通过土地入股、资金入股的方式共担风险。工作组成员老贺负责联系资金，先把水、电、路的资金落实到位，另外两人一个负责现场指导，一个负责培训。老书记负责搞好宣传动员工作，村里的几个老班子成员，有的联系树苗，有的负责买鸡苗、羊崽，剩下的几个负责村政建设，先把环境搞好。

在此基础上，工作组及村"两委"班子开了一个党员大会，号召班子成员先带头，党员做好配合，总之，要让大家迅速行动起来。

全村的贫困户陆续把相关的手续交了上来，只剩下四户没有交。老贺问村主任怎么回事，村主任说："这几个是村里有名的老懒。老吕人称'秃驴'，是'只管肚子不管穿，光着屁股抽蹭烟，家里地里活不干，靠吃救济住庙庵'的主。他家的房子四边透风，就是个柴火垛，后来，全家搬到村东头的庙里住了。谁管他，他就领着孩子到谁家吃饭去，这几年他一直靠政府救济。老李前几年养蜂，因为蜂箱让人给偷了，一气之下啥也不干了，连剩下的蜂箱也一把火点着了，从此就跟村委对上了，靠救济过。老单的两个儿子大狗、二狗憨傻，啥也不会，干啥啥不成，到外头打工，钱一分钱没挣到，哭着让老乡送回来了。老牛家一个儿子有身犟力气，已经三十六岁了也没成个家，他爹急着传宗接代让他娶个哑巴，可他说什么也不干，整天在屋里躺着生闷气。这四户成了我们村的老大难户，村里提起来就头疼。"老贺仔细听着，然后说："看来这几户不是因病致贫，也不是因为没有劳动能力致贫。只要家里有干活的，这个工作不难做。"

吃过晚饭后，老贺把他们四户集中在一块儿开会。他首先把村里这一段时间的整体情况向他们做了汇报，然后说："咱们几户家里都有壮劳力，不是不能干，而是不会干。就拿吕大哥来说吧，几个孩子顶顶棒棒的，只要有了挣钱的活计，出把力气算啥。说起来几个孩子大的都到了成家的年龄，连个住处也没有，咱们挣了钱，盖上了新房，还愁娶不上媳妇？"老吕说："挣钱哪儿那么容易。几个孩子连吃的都没有，政府不发救济，饿得说话的力气都没有。只盼望你们工作队来，救一下急，可你们耷拉着十个指头来扶贫，站着说话不腰疼！"那几个也搭上了腔："上几次来的工作

组还给俺碗饭吃，到了你这儿却要俺干这个，干那个，真是一窝不如一窝。你要没啥说的，俺就走了。"老贺急了："你们走可以，但还是那句话，这一次，只给那些想干事、想挣钱的人钱，不干活白给钱门也没有。如果你们不配合、不主动，还想过那种衣来伸手、饭来张口的日子是不行了。就拿老李你来说吧，养蜂你是行家里手，大队给你出资金，你只要干起来，我们给你搭平台、找销路。老单，你那几个孩子，人老实，又听话，我们可以先给孩子找个活干，今后咱们成立了实体，也可以让他们在村里打工，只要肯出力，活路多得是。牛大哥，你家那么大一个院子，队里给你买上鸡苗，你可以成千只地养，半年就可以见效益，鸡蛋、鸡我们找销路，养鸡技术我们可以培训指导。老吕，你可以充分利用家里人口多的优势，养羊。满山遍野有的是草，几个孩子可以分分工，有准备饲料的，有放养的，有种地的。我们都长着胳膊腿，凭什么让别人白养活。给你们两天考虑的时间，如果你们还是这样，那我们就不管了。"

几个人你看我，我看你，觉得老贺说得有理，也不好再辩驳什么，说："那让我们考虑考虑！"

经过半年多的辛勤工作，老贺他们终于忙出了个头绪，市产业扶贫资金支持了村里三十万元，路修宽了、平了，电接通了，还通了有线和网线，水泵也买了，还修建了一个能容纳千吨水的水池。大部分村民都参加了村里的几个实体，实体的负责人都是大家自己选的，所以大家信心十足。村里把大队的几间房先后整理成养老院、卫生院、幼儿园，在村小学办起了农技培训中心，从农大和科技所请了专业人员对村民进行培训。树苗、牲畜该买的买，该种的种，都已安排到位，整个村整理得井井有条。市里、县里的领导到他们扶贫点检查，多次给予了高度的评价，市里还决定在他们扶贫点开全市的现场会。老贺心里才有了一点儿成就感。老婆孩子多次给他打电话，让他抽时间回家看看，他感到确实该回家看看了。前几次到市扶贫办、银行跑项目和贷款，都没回家。孩子今年该高考了，老婆牢骚满腹，他赶紧收拾收拾，星期五的晚上赶回了家。

　　老婆一看老贺，整个人瘦了一圈，脸晒得干黑，眼里的泪水控制不住掉了下来。她把脸一扭，打了盆洗脸水，马上从冰箱里拿出牛肉准备切。老贺说："煮点挂面，放个鸡蛋，有汤有水吃点就挺好。"面条煮好后，老贺吃了两大碗。他问他媳妇："家里有没有止疼片？"媳妇找着药，问他咋回事。他说："没事，肚子有点疼，可能吃得急了一点儿。"吃完药，他过去看了看女儿。女儿正在学习，看到爸爸回来了，想跟他聊一会儿天儿。老贺说："认真准备吧，闺女，没几天就要考试了，争取考个好大学。"说罢，摸了摸女儿的头。这是他跟闺女亲近的唯一方式。老贺从女儿屋出来，问问家里有什么事需要他做。媳妇本来准备了一火车话，可看到丈夫疲惫的样子，就说："你早早休息吧，我这几天好好给你做几顿饭。"老贺说："家里没啥急办的事吧？"老婆想再跟他多说两句，看到老贺在沙发上已经睡着了，她赶忙拿来被子，给他盖上。

　　第二天，老贺瞒着老婆到医院做了个检查，B超显示他肝上有个肿瘤。不能确定是良性还是恶性，医生让他住院做进一步的检查。可他怎么给老婆孩子说呢，再说村里的扶贫工作正在要紧时候，孩子又要高考，市里还要在他们村开现场会，一大堆事还等着他去落实呢。星期天下午，两口子送走了女儿，回到家老贺又给老婆提起了村里的事。老婆一听，知道老贺不容易，埋怨的话没了，只是让他多注意身体，还出去给他买了不少能带的好吃的。

　　回到村里后，老贺调度各下属的实体负责人，了解下面的工作情况。市里开现场会不能丢脸，村"两委"班子成员也都分头各自准备。

　　老贺自己到各个实体走了一遍，看到种植园里的果树苗长得一人多高，水也浇了；养畜场里，鸡、羊、猪都在圈里活蹦乱跳，有的已经可以卖了。村里的年轻人也回来了不少，大家热情地给老贺打招呼，老贺高兴得抿不住嘴。他又看了看敬老院的老人和幼儿园的孩子。老人不住地感谢。老贺说："现在咱们条件还不行，等到条件好了，咱们盖他个二层小楼，再烧上暖气、通上沼气，老人和孩子都能幸福地生活在一个优美整洁的环境里。到那一天，我就真正地给大家办了一件大事。"到了村卫生所，两个大夫，一个是刚刚毕业的大学生，一个是本村的老中医。老中医原来在部队当军医，离休后在外面开门诊，现在年龄大了，门诊交给他儿子打理了。回到老家后，他就义务给乡亲们看病。村里成立了卫生所后，又到卫生所工作。看到他正在给老人检查身体，老贺走过去，也让他给检查检查。老贺故意说："这两天老感觉胃疼。"老大夫给看了后，觉得不是胃，是肝上有了毛病，希望老贺抽时间到大医院检查一下。老贺从内心里佩服，说："谢谢。今后，咱们再添些检查的设备，让乡亲们不出家门就能看病。"

　　开现场会的那一天，市、县分管扶贫工作的领导都来了，各县负责扶贫工作的同志也来了，对他们村的扶贫工作非常肯定。老贺代表大家在会上做了典型发言。

　　女儿来电话了，高考成绩不错，考了630分。村里的经济发展得也不错。老贺放心地去医院住院了。还好，肿瘤是良性的。乡亲们听说后，都要来看望他。老贺对老支书说："不用。用不了几天，我就回村了。到时候，咱们还一起打攻坚战！"

尴　尬

　　纪委每周四下午组织学习，不一会儿老刘就犯烟瘾了。他从兜里摸出个烟嘴儿叨在嘴里，为的是闻个烟味。谁知一学就是两个多小时，把老刘憋得够呛。学习一结束，他立即收起了嘴上的烟嘴儿，急忙下楼，赶紧买盒烟，以解烟瘾之苦。

　　老刘是纪委的一等烟民，一天两盒，还得把着点抽，一不小心就得三盒，弄得办公室整天烟雾弥漫，偌大的一个烟灰缸烟头满满的还冒着尖，烟灰满桌飘，烟味熏得人受不了。而且几个好抽烟的还经常在他的办公室小聚，弄得屋里根本没法待，两个小女孩一进门就开窗户，能躲就躲。老刘也知道不好，好几次下决心戒烟，并发誓："如果我再抽烟，一旦让人抓住，我就把烟吃了。"可好几次让人抓住，老刘也没有吃。这一次机关下决心了，大厅、电梯、楼道、会议室，到处都贴了禁止吸烟的标志牌，而且让纪委来监督，领导也大会小会地强调，纪委要带好头，决不能违反规定。老刘烟瘾上来了，就跑到卫生间抽上一支，可卫生间的味道比烟味有过之而无不及，所以只有在下班以后才能舒心地过一把烟瘾。回到家，

他老婆不能闻烟味，他也不能抽。这天晚上，有几个哥们儿邀请他见面坐坐，他早早地跟老婆请好假，他可以过足烟瘾了。

眼下正是七月，外面没有一丝风，闷热难耐。老刘跑了一头汗，到了烟酒门市部，可身上只剩下十块零钱，其他的都是一百的。他买了一盒烟，花了八块钱，出了门急忙打开烟盒，抽出了一支准备抽，可发现打火机忘在办公室了。兜里还有两块钱，他又跑回去花一块钱买了一个打火机。烟终于点着了，他狠命地抽了一口，然后往公交车站走去。一根烟正好抽完，公交车也到了。他赶忙摸兜，掏出那仅剩的一块钱零钱，急忙上了车。车里一股凉风扑面而来，真舒服！他把钱投进了投币箱。

"两元钱！"司机说。

"坏了。什么时候改成两元了？"他嘀咕道。对，听办公室小李说是夏天收的冷气费。他急忙又摸了摸身上，确实没零钱了。他赶紧拿出一张一百的，问车上身边的几位："谁能帮忙给我换开钱？"没人答应。他又用乞求的目光看着身边的几位，他们都说没零钱。他又看了看司机师傅，希望他能说一声"下次注意"之类的话，但没有。正在他不知所措的时候，一个小女孩说："我给你一块钱吧！"她从后排把一块钱递给了老刘。

老刘真的不知说什么好了，他想把这一百元钱给小女孩，但他知道人家不会要，想问问人家的姓名、手机号，又怕人家误解。他把这一块钱投进投币箱后，坐到了座位上。从上车的站到下车的站，不到三公里的距离，他却觉得时间过得非常慢。直到小姑娘下车，那种莫名的歉疚感还萦绕在他的心头。一块钱，解决了他人生少有的尴尬，他却连一句感谢的话都没说出来。

下了车，老刘双脚不听使唤，迈不开步。他从兜里掏出烟来，准备抽一支缓解一下刚才的情绪，可看到路边的清洁工手里拿着笤帚、簸箕正在扫地，又不好意思抽了。

　　老刘暗下决心，戒烟从现在开始。他把刚刚买的那盒烟扔进了清洁工的簸箕里。

竞争对手

我的竞争对手，是我们班的一位女同学。

我们的竞争是从小学三年级开始的。当时，在我们班无论是学习成绩还是文体活动，我都是拔尖的。我从一年级开始就当班长，是学校组织的各种活动的绝对主力。

三年级时，我们班里转学过来一位女同学，衣着很朴素，平时说话也很少。听老师说她没上过学，由于家里困难，一直在家里一边干活一边自学。开始时我并没在意。后来，班里几个学习好的同学经常暗地里较劲看谁的作业得的"优"多，渐渐地，我发现那个女生在一次次地超越我。为了能超过她，我的本上不能留下任何瑕疵，稍有不慎有了错的地方，我就撕下来重写。我感到了前所未有的压力。后来，我发现数学成绩她总是超过我，她成了我的数学克星。

那时，村里没有会议室，在学校集中开大会的次数比较多。会前，总要让唱歌比较好的同学上去唱歌，以活跃气氛。我总是被老师叫到主席台上，唱一两首歌。二十世纪七十年代初，流行的是样板戏。《祖国的好山河寸土不让》和《敢叫日月换新天》是我的必备节目，社员们的掌声是对我的奖励。每次唱完后，我都有一种难以自抑的自豪感。有一次，老师突然没有叫我，而是叫她上台了，我心里好不是滋味。她唱的是《听奶奶讲革命》，嗓音一出，震动了整个会场，大家本来正在低头聊天，一下子全抬起了头，立刻聚精会神地听起来。她的声音圆润高亢、细腻动人，我不得不佩服。从此，她成了每会必唱的星，而我变得可有可无，成了一个不折不扣的配角。最让我不能忍受的是，有一次上体育课，男女混合分组跑接力，老师把我和她各分到了一组，而且我和她都被确定为本组的最后一棒。最后，我们两个组几乎是同时交棒，老师说两组打了个平手。但我是男生，她是女生。尽管同学们没有埋怨我，因为我们组前边的同学落得较远，但我深深地感到对不起大家。

小学三年、初中三年我们俩始终在一个班，始终是竞争对手。初中升高中那一年，我和她都考上了县里的重点高中。我们年级八个班，经过分班考试，我发现她的名字又出现在我们班的名单中。那时，班里每次考试都要排名次，尽管我非常努力，但我每次都是第二。每次考完试宣布分数，就是对我的精神折磨。那时，我非常嫉妒她，甚至还有点恨她。

记得高二下学期的一天，一个同学跑过来告诉我，这次模拟考试我的总分排第一。我问他第二名是谁，他说不知道。我认为他开玩笑，又继续在那儿看我的书。他一看我不相信，就拉着我去看老师贴在教室讲台旁的成绩表。我一看我果然是第一名。我又迅速寻找她的名字，结果没找到。我想是不是老师把她的名字漏掉了，我就找了我们的班主任王老师。老师一脸沉重地说："她不上学了。她的母亲得了尿毒症，家里需要钱，更主要的是母亲需要照顾。"我问："她家里没有别人照顾她母亲了吗？"老师

说："她父亲八年前出车祸不在了，两个妹妹还小，母亲还要不停地透析。"说着，老师的眼红了。我突然感到心中像压了一块巨大的石头一样，喘不过气来。这是什么第一名，完全是她施舍给我的。我像偷了她的什么东西一样，感觉十分不光彩，当第一名的自豪感顿时荡然无存。

高考揭榜，我考上了一所重点大学。拿到通知书后，我却怎么也高兴不起来。我本想第一个告诉她，却没有了一丝勇气。

有一年放暑假的时候，我回老家去看望久别的同学，有意在她家门口多徘徊了一会儿，但一直没有见到她。正当我想走的时候，突然听到有人喊我，我扭头发现从远处走来了一个抱着孩子的女同志，走近一看是她。她衣服不怎么整洁，对着我就掀起上衣喂孩子，说话的声音也颇高，与上学时的形象大相径庭。她把我让到家里，把孩子放到坑上，给我倒了一碗水，又拿了些花生让我吃。她说，这是刚从地里刨的，挺新鲜。我无心喝水吃花生，问她母亲怎么样了。她说母亲不在了，为了母亲的病，她早早地嫁了人，把家里的钱花光了，也没能救母亲一命，但也算对得起母亲了。我上下打量着她，却从她的眼里看不到丝毫对我的羡慕，也看不出因没考上学而有的丝毫的后悔和悲伤。

从她家出来，我深深地为她感到惋惜。如果不是她的家庭遭遇不幸，如果她能再坚持一年，如果她能参加高考，如果……

命　运

　　下午两点半到了，市委常委会马上就要开了，可刘秘书长还没到。按说会议是他通知的，他应该先到。副书记准备派人去找，刘秘书长气喘吁吁推门进来了。"对不起，对不起，刚才去处理一个紧急的事了，迟到了。"刘秘书长说。

　　"什么紧急事？公事还是私事？"书记认真了。

　　"办公厅小田的孩子在上学的路上被车撞了，目前生命垂危。肇事司机跑了。已经报案了。刚才，小田给我说了以后，我过去安排了一下，就赶紧过来了。"

　　小田是信息处处长，孩子出了这么大的事，作为秘书长是应该去的，领导也就谅解了。

　　"开完会后，你代我们去关照一下。"书记嘱咐道。

　　"好，一定一定。"刘秘书长连连点头。

　　"司机跑了？"政法委书记坐不住了，立即给交警支队队长打电话，让他务必尽快缉拿肇事者。

　　田处长是市委办公厅的老人，忠厚老实。因结婚晚，婚前两次分房机会他都让给了别人，结婚后，又没有分房一说了，只好蜗居在机关后院的平房宿舍里。他孩子的学校就在市委对面，一路之隔，平时两口子不管谁送，送过这条路就不管了。今天大人们有急事，孩子自己走了。

　　一个三年级的学生应该没问题，可不想今天就出事了。老婆悔恨交加，哭得死去活来。田处长自己呢，六神无主，像个傻子似的蹲在医院楼道里掉泪。

　　这段时间，田处长不知什么原因，倒霉事一个接一个。想做几件急用的家具，谁知木工中午休息，抽烟时烟头点燃了刨花，家里失了火。新家具没做成，老家具也烧得不能用了。让做家具的赔，可那家伙也烧伤了，田处长还得给他花钱看病。

　　不做家具了，买家具，可刚刚从银行取回几千块钱，小偷光顾家里，把钱偷走了。正在为这事挠头，这不孩子又被撞了。抢救了几天，可回天无力，孩子没了。

　　家里祸不单行，单位也不清静。田处长刚被提拔为副县级，因新来的市委书记的一句话——"五一"前提拔的干部等一等再说，任命被延缓了。

　　人要是倒霉，喝口凉水都塞牙。别人让他找一个"明眼人"看看为啥老是倒霉，可田处长不信这个邪，还是默默无闻，没白没夜地干他的工作。

　　一位老主任看到田处长遭受了一个个打击，说："小田，你休息几天吧，给你放几天假，跟弟妹一块儿出去转转，散散心。"

　　田处长说："不用，处里这一段时间事正多呢，忙起来了什么不愉快的事也就忘了。"

看老公心情不好，整天闷闷不乐，叫他出去也做不通他的工作，田处长的老婆想自己出去转转，散散心。听别人说"人走兴点上泰山，人走败点上五台山"，那就到五台山转转。于是，她第二天一早上了五台山。

爱人走后，田处长刚到单位屁股还没坐稳，交警支队长就打来电话说："撞孩子的司机找到了，现在已经被羁押起来，近几天我们准备处理赔款事项，之后还要追究其刑事责任。"队长提高嗓门问："田处长，关于赔款的事，你是不是提个具体数?"

"谢谢支队长，辛苦了。赔款的事你们定吧。"

一晃十天过去，老婆回来了。一进门看老公像换了个人似的，气色红润，精神倍足。田处长急忙把事故处理的事给老婆说了。

不等田处长说完，老婆激动地一拍手："看看，这就对了，人家算得真准。"

老婆神神秘秘地讲起了五台山之行。

她在五台山抽了一根签。上面有一幅图：一个人在水里挣扎，水面上燃着大火，一看便知是水深火热的意思。长老解释，签虽然不好，代表着前一段时间家里一直有不顺的事，甚至是大难，但抽了这个签，就说明逃过一劫，这个签的另外一个解释"浴火重生"就可以显现了。

老婆痴痴地直着眼睛："怎么样，说对了吧?"

田处长不露声色："还有一个好事呢。"

"快说说。"老婆一脸期待。

田处长一字一句道："已经接到组织部通知，下周一到县里报到，担任县委副书记。"

老婆嘴里不住地嘀咕："真准。真是太灵了。"

田处长一撇嘴，道："你说得也太邪乎了吧，你抽的签有好几种解释，与我的命运没有关系。共产党员是无神论者，干好本职工作是根本。"

老婆争辩道："那你解释解释，我去烧香，你升职，就这么巧？"

田处长摆摆手说："告诉你吧，真正的原因是，新上任的市委书记接到举报，说上一次提拔干部有突击违规提拔之嫌，但经过调查，我们这批干部任职是原来市委班子研究决定的，没有违反组织原则，所以领导及时下达了任命通知。"他老婆噘着嘴去一边休息了。

爷孙对话

虽说尚是秋天，可傍晚时分已有了几分冷意。街门台上，坐着给儿子、媳妇做好了晚饭正等他们回家的爷爷，和爷爷用解开了扣子的外套紧紧裹着的刚满 6 岁的小孙孙。

"强强，爷爷问你个事，昨晚你妈妈哭啥呢？"爷爷问。

"妈妈又跟爸爸生气了，为爸爸给你那 50 块的事！"孙子答。

"妈妈说爷爷是老不死的，等爷爷死了，你住的那三间房就成了我家的了。"

爷爷紧裹着孙子的手猛地抖动了一下，不一会儿，泪水从眼眶中滴落，滴到了小孙孙的脸上。

"你哭了，爷爷？妈妈坏，妈妈最爱找碴儿。你别哭了，爷爷，别哭了！"小孙孙一边劝，一边伸出小手抹着爷爷脸上的泪水……

"爷爷不哭，爷爷不哭！"爷爷苦笑着对小孙孙点了点头，然后深深地亲了一下小孙孙。

"爷爷，等我爸爸妈妈死了，这房子就是我的了吧？到时候我让你跟

我一块儿住……"

　　爷爷突然愣住了，两眼发直，盯着他那幼小的孙子，像一尊雕像。小孙孙看到爷爷的脸色，吓得一声也不敢吭了。

　　"报应啊，报应……"爷爷喃喃自语。

李主任较真儿

  李晓勇是县纪委监察二室主任，从部队转业后，就被分配到县纪委上班，已经工作二十多年了。部队和纪委的工作性质把他培养成了一个性格执拗、善于较真儿的人。由于办案经验丰富，敢于碰硬，又不徇私情，他是公认的办案能手，上级部门办案经常抽调他去帮忙。

  这次纪委分三个组对全县的村级账目进行综合检查。检查中发现，有一个村的村委会主任涉嫌违规挪用七千元的上级扶贫慰问金，时间长达八个月之久，而且村支书没察觉，村委会会计也不清楚。

  检查组不敢懈怠，立即向县纪委主要领导进行了汇报。领导要求迅速立案调查。办案人员在调查中得知该村委会主任是县政协刘主席的亲内弟。刘主席在县里可以说是一个能呼风唤雨的人，曾先后担任县政府办副主任、镇党委书记、县财政局长，直至成为县级领导，人人都惧他三分，个个都得给他点面子。几个办案人员感到这是个难剃的头，迟迟拿不定主意下手。县纪委周书记立即组织召开了纪委常委会，强调："群众利益，特别是贫困户的利益是我们党和政府非常关注的，如果在这个问题上出现偏差，群众就会对政府失去信任，我们的各项工作就难以进行。所以，大家必须认真对待，弄清事实，严格按程序迅速办好这一案件。建议调整人员，由监察二室主任李晓勇负责主办。"

接到通知后，李主任立即组织大家一起分析案情。看到大家有畏难情绪，他从提振士气入手，先解决大家的思想问题。他讲了三点意见："第一，必须树立敢于碰硬、敢于较真儿的理念。咱纪委的职责就是为咱们县社会、经济发展保驾护航，为党风政风树正气。不是咱们跟他过不去，而是他不遵守党纪党规。第二，必须让违纪违规的人，得到应有的惩处。如果放任，我们就是失职渎职，就对不起自己的良心和职责。任何人如果以身试法，都不能放过。作为县级领导，刘主席更应该支持我们的工作。大家不要担心，如果有人找你们说长道短，你们尽可能往我身上推，一切责任由我承担。第三，必须迅速查处，起到杀一儆百的效果，时间越长，拖得越久，对我们的工作越不利。群众正关注着我们的行动，看我们能不能做到严格执法。希望大家坚定信心，迅速行动，确保马到成功。"一席话，说得大家精神振奋、信心倍增。

调查工作开始后，对其他的几位相关人员进行了调查，案情基本已经清楚，是这位村委会主任一人所为。他从县民政局领回这部分资金后，没和任何人打招呼就自己挪用了，村里的几个贫困户谁也没有领到一分钱。纪委办案人员通知他几次，他都拒不接受调查，而且态度十分恶劣。李主任一气之下，要求乡党委先暂停他的工作，说如再不接受调查，将做进一步处理。

村委会主任感到事情闹大了，赶紧去县城找他姐夫商量。刘主席听完他小舅子的诉说后，感到问题严重，认为必须立即和相关办案人员打招呼，不然将无法收场。他让他小舅子先把挪用的钱如数交到大队会计那儿。刘主席想，现在风声正紧，直接给李主任打电话不好，虽然他和李晓勇已熟悉多年，但毕竟这些年接触不多。于是，他想起了纪委一位常委，曾经是他的老部下，平时关系处得不错，就决定先问问他，让他看看能否从中活动活动。刘主席一个电话，不多会儿那位常委就赶到了他的办公室。一听是这件事，常委感到很挠头。他说："要是别的科室我可以试着说说，可在'李较真儿'那儿，恐怕就难办了。上一次县委朱副书记给他说了一件事，让他照顾一下，最后也没照顾，让朱副书记很没面子。这小子太爱较真儿，没法子，我有好几次找他都让他给顶回来了。看来此事您必须亲自找一下他了。"

刘主席没想到这事弄到这种地步，说吧，确实很难为情，不说，毕竟是自己的亲小舅子。他想，不管管用不管用，也得硬着头皮去说说。他急忙拿出机关内部电话号码簿，找着李主任办公室电话，打了个电话。电话占线，看来李主任在办公室。他又一想，打电话不太合适，还是亲自去一趟好，以示尊敬。到了李主任办公室门前，听到里面正有人说话。等了半天，没人了，他才进去。

李主任看刘主席亲自过来找他，知道恐怕与案子有关，急忙让座，倒了一杯水，说："刘主席，有事您打个电话让我过去一趟不就行了，让您亲自跑一趟实在不好意思。有啥指示请说。"刘主席不好意思地说明来意。

李主任不慌不忙地说："您不来我也想去找您汇报一下。这件事已闹得沸沸扬扬，人们都在看纪委如何处理，群众在看，领导也在看。如果处理不好，可能会给今后的村级检查工作带来极坏的影响。您是领导，比我们的水平要高得多，不能让这件事再给您造成影响。您说是不是？最好让

村委会主任尽快配合我们调查，争取一个好的处理结果。"

从李主任办公室出来，刘主席立即给他当村委会主任的小舅子打电话，让他端正态度，积极配合组织调查，争取宽大处理。他小舅子听完后，在电话那头泣不成声。

第二天，刘主席带着他小舅子找到李晓勇主任。他小舅子态度急转，主动坦白，表示一定积极配合组织调查，愿接受任何处分。

报　销

　　园林局李副局长调到民政局任局长了。这几天迎来送往比较多，大部分是别人到局里看望他，向他表示祝贺，这样就免不了一顿吃喝。人家要结账，可人家到局里来看他，他怎么能让人家花钱呢，只能自己垫上。每次吃饭他都不忘记开发票，想到时候找个机会报了。

　　一个多月的时间，花了近四千块钱。他看着这些发票，不知如何下账。原来一直当副的，看到局长非常潇洒地签上"准报"这两个字，羡慕不已。那时他偷偷地想，自己何时才能握上签字的笔呢。当副职已经八年了，也该轮到自己签字报销了。

　　虽然已报到了一个多月，但局里的各项工作还没有走上正轨，最起码会计他还不熟。有人找他签字报销，他说先放放，等把工作捋顺了再说。这天，单位的事不多，他要处理一下手头的发票了。

　　他给会计打了个电话，让他来局长办公室一趟。会计是大学毕业后分到民政局的，小伙子年龄不大，人却精明干练。李局长让他坐下，问他什么时候到局里的。小伙子说，自己是 2008 年考进来的，一直从事会计工

作。李局长说了一些鞭策鼓励的话，让他好好干，还表示局里对通过考试进来的大学生非常重视。小伙子一直点头称是。然后，李局长话锋一转，开始谈自己的事。

"小李呀，我刚到单位上班，有些情况还不太熟悉。咱们这儿的财务情况怎样，你简单给我说说。"

说到单位的财务情况，小李门儿清。他谈了谈民政局资金的构成，并称资金使用上，纪委、审计、财政等部门监督，每年不定期检查，规范得很。

李局长一听，觉得现在报个销这么麻烦，但他仍不甘心，毕竟自己是一把手，他不相信会计的说法。于是，他拿出了那些发票，说："小李呀，我刚到咱们单位，许多人来看我，又不好意思让人家结账，你看看从哪儿挤点钱，把我的这些发票处理一下。"

小李不敢说不行，急忙站起来接住。他知道这个事不好办，但领导说了，先拿走，回头再说。

一天、两天、三天，一个星期过去了，李局长也没等到结果。有几次小李找他签字，但签完字之后就走了，也没提他的那部分钱。他有点忍不住了，有一天下午下班的时候，又把小李叫了过来。

小李满脸委屈，又无可奈何。"李局长，对不起，我不知道该怎么为您处理这些费用，确实没有下账的地方。"

"不能写个加班用餐、买办公用品、加汽油什么的？"

"加班用餐得写上几个人吃的、谁吃的、什么级别，而且大家都得签字。您刚来，我怕对您影响不好，再说让别人签字，人家又没吃，不好说。买办公用品，人家检查时还得让咱们登记造册，逐项查验。加汽油，咱们单位一共三辆车，用车得有派车单。领导上下班不让接送，出差不让公车随行，所以，汽车的油耗就很少了，不好作假。"

"你胡乱写个啥，到时候我签字！"

"李局长，现在财务管理新实行的'四个一'制度规定，签字的不能是一把手，必须是副职或固定的一名班子成员。咱们局原来签字的是马副局长，因为您刚来，马副局长说等领导班子定了再说。"

李局长有点不满意，可又说不出啥来。

小李感觉新局长也能理解他的难处了，又补充说："现在财务管理可严了，上级主管部门查，纪委查，审计局查，财政局查，特别是专项资金，一分也不敢动。对不起了李局长。"

李局长一听也害怕了，最近有好几个因为挪用公款受处分的，他也不敢蹚这个浑水了。他对小李说："算了，不报了！"。

小李走了，李局长呆了。唉，当上局长了，报个销怎么还这么难……

想说的话（后记）

时间像一头永不回头的犟驴，不知疲倦地向前奔走，怎么拦也拦不住。当在岁月的驿站想回头观望的时候，才知道自己在不知不觉中已经到了生命的晚秋。虽然人生的磨砺已使自己变得伤痕累累，岁月的寒霜已把自己揉搓得无所追求，但路依然遥远，人生还须继续。当生活已将我现在所有的爱好、乐趣淘洗得干干净净的时候，却将我曾经的爱好注释得越来越清晰，那就是回归文学，写点自己喜欢的文字，干点自己想干的事情。

前年的一天，我在市电大的门口偶遇多年不见的好友李春雷。他问我现在在干什么，我说在丛台区纪委。他问我还写点东西不，我说早已不写了。春雷说别丢了。认识春雷的时候，他在《邯郸晚报》文艺部当编辑，那时候我还不时地写几首诗投投稿，也不断有作品发表。一晃二十多年过去了，春雷现在已成了河北省作协副主席、中国报告文学学会副会长、鲁迅文学奖获得者，而我依然为机关的琐事所累。现在回头一看找不到自己的影子，空留太多的遗憾。春雷的话让我感慨良多。记得上大学的时候，我的先生曾经说过："一个中文系的学生，当一个文学青年，爱文学、读文学、写文学是你们的使命，把自己的作品和名字尽快地变成铅字，是你们的职责。"大学时代，我们正值青春年华，几乎每个人都想成为诗人，成为散文家和小说家。我们如饥似渴地追寻着顾城、舒婷、北岛、梁小斌、戴望舒、徐志摩、艾青、裴多菲、泰戈尔的诗，追寻着王蒙、刘绍棠、丛维熙、陈忠实、贾平凹、路遥、铁凝的小说，花前月下，柳林溪岸，到处都是朗读诗歌的声音，自习室、图书馆、阅览室是我们积聚力量、抒发激情的场所。这些作品每每让我心潮澎湃，感动得泪如泉涌。那时，我手头拮据，但自己订阅了《诗刊》《小说月报》《人民文学》，我还写了一本本不是诗的诗、不是小说的小说，不停地往编辑部邮寄，但多数石沉大海。在大学临毕业前，我的一篇散文发表了，这意外的收获让我在高兴的同时，才深深体会到，无病呻吟不如脚踏实地，只有经历过才是最生动的。大学毕业，刚刚参加工作的我，不忘初衷，依然故我，也发表了一些诗作。但随着一个个不得不干的琐事把我一下子拖入为生计而奔波的苦海，文学离我越来越远，直到人过五十。当我看开了一些事情，变得坦然淡定后，蓦然回首数十年来自己所忙的一切，却找不到自己的人生轨迹。这时，才突然又想起了自己年轻时的梦想，做一个写作者。于是，开始参加各种征文活动，写自己所感的，说自己想说的，一篇篇小说、散文、诗歌开始发表，我成为市作家协会的一员。

2016年五一节前后，《燕赵散文》主编靳文明老师鼓励我说："振洪，出本书吧，留个纪念。"我惴惴不安，生怕自己的作品污染了文坛的圣洁。在他的鼓励下，我把近一年多所写的作品辑录成册。如今《脸向阳光》终于面世了，其中有我的劳作，也有靳老师的鼓励与鞭策。济南出版社的编辑为这本书的出版费尽心力，我的同事郭占胜和李鑫两位老弟为我打印书

脸向阳光

稿，胡文平老弟为我将电子版书稿通过邮箱发送出去，在此一一表示感谢。我想说，虽然自己在文学的道路上刚刚起步，但步子走得踏实而矫健；虽然已是人到中年，但剩余的人生却让我兴趣盎然。只要我喜欢做，生活的天地会越来越大，道路会越来越宽。

王振洪

2017 年 5 月于邯郸